Exquisite Prose Reader

Foreign Prose

主编　丁建元

精美散文读本

外国卷

山东友谊出版社
Shandong Friendship Publishing House

序

《精美散文读本》外国卷从策划开始，历时几月，几十位专家、学者翻阅了大量的资料，从几百篇散文作品中反复遴选，其间还听取、采纳了多位散文家的意见和推荐，选定篇目后进行评析，终于和读者朋友见面了。

本书所选的散文，全部是世界文学史上的佳作、杰作，其作者有的是已经彪炳史册的文豪，有的是依然活跃在文坛上的大师，有的是诺贝尔文学奖得主。许多作品早已经成为经典。由于地域和民族文化的不同，作家的审美个性有别，作品自然异彩纷呈，更像是杂花生树，群莺乱飞。按照时代先后编排，在读者面前如同展开了一片丰富多彩的域外风景。

阅读外国散文和阅读本土散文的感觉是不同的。在《精美散文读本》中国卷中，散文评论家王景科教授，形容读中国散文像品一杯清茶，很淡很淡，但以一种特有的心情去品尝，就会越品越香。那么，读外国散文尤其是读西方作家的散文，就是品一杯咖啡，它浓郁、丰厚，充满了沉香。品之越久，越感到思维活跃，心智顿开。收集进本书中的作品，大体有以下特点：

1. 健康的人性光芒

一个作家享誉世界不是偶然的，与他所受的教育、他的经历和天赋密不可分，但更重要的是他的正直、善良，具有清醒的良知和博大胸怀。唯此，他才会自觉地担当人类社会精神的歌手。其中许多作品，生动地记述了人间万相，描绘了人性中美好的品质和高尚的情操。无论是对历史长河中涌现的优秀人物，还是对赖土为生的草民，作者都是充满激情地表现。无论是对劳动的尽职，还是与命运的抗争；无论是对爱情的忠诚，还是对价值、尊严的维护和对理想的追求，都在不同的篇章中从不同角度进行肯定。还有许多作品，其中闪烁着作家睿智的目光。他们静观现实，解析人生。职业的自觉和责任，使他们漠视不了眼前的陋弊，容不得种种丑恶。作家自由的甚至叛逆的个性，又使他们把理性渗透在形象思维之中，对社会、人生甚至自我进行深刻的反思，表现出独特感悟和理解。这类文章，有着鲜明的哲学品格，像我们惯常所见的随笔和杂文，透彻、深邃甚至犀利，闪耀着金属一样的光泽，偏有一种警醒、启示的力量。

2. 博大的人类之爱

其中许多作品，是作家对家乡、祖国乃至异国的风土人情的描写。但是，他们并不仅仅局限于一片有限的甚至辽阔的地域，而是充满强烈的大地意识。作家们在吸取本土文化的基础上，兼容人类智慧的精华，把自己的爱推至整个人类。即使他们描写一个国家，一个民族，也注意从中发掘出属于人类的共同品性。这不是空泛的爱，而是对家园、对世界未来的期待，其中也包含着对人类命运的忧患：战争、殖民统治下的资源掠夺，文明表象下的贫富差距，人的精神空虚和焦虑等等，都在他们的散文中有程度不同的揭示。

3. 对自然的尊重

爱自然也是人类的天性，人类本来就是大自然的一部分。当人类对自然进行没有节制的甚至野蛮的征服，导致了自然的惩罚后，一种大地伦理逐渐受到重视，由此引发了人对自然的尊重。一些作家充满诗意地描绘了大自然的神奇和壮美，这里有阿尔卑斯山的风光，有宁静优美的瓦尔登湖，有俄罗斯辽阔的草原，有非洲险峻的峡谷……森林，大海，岛屿，沙漠，无论是处于寒带、温带还是热带，都在作家的生花妙笔下展现了不同的迷人风光。即使是一丛蔷薇，一棵白杨，都成为作家生情谋篇的灵感来源。这些写景状物之作，作者与物象之间不是游离的，隔膜的，而是物我合一，如东山魁夷所创造的心象风景，将个体的生命意识融入山水之间，人与自然达到亲密的和谐。从描写的风格看，有的色彩淡雅、朦胧，如水墨画；有的朴素、深沉，如同木刻；更多的作品就是一幅幅色彩浓郁、斑斓的油画。

4. 丰富奇异的想象

许多作品不拘一格，文无定法，表现了作家丰富的想象力。有的散文，仅仅是一点感触，有的就是一段梦境，但随着作家意识的自由流动，借助发散性思维，铺陈意象，却写得摇曳多姿，妙趣横生。黑塞躺在大地上，想象着自己变成巨人，脚趾伸进山下深深的湖水里，手指尖长出灌木，头发里开出杜鹃花，双膝变成前山，甚至喷嚏便是一阵雷雨，呵上一口气而积雪融化，这是多么浪漫的想象！有些作品中还写幻觉，写印象，写通感，其技法和我们本土散文尤其是传统散文有很大的不同，这就需要读者细心地体味与感受了。

读散文，尤其读外国散文，更需要心境的宁静。在商业竞争的喧嚣声中，在物质利益的引诱和驱动下，散文，不会给你竞争的技巧和谋略，更不会给你一根点物成金的指头，但会使你走进一片绿荫，让你紧张疲惫的心灵慢慢松弛下来，得到短暂的休息。尤其对于热爱散文的青年朋友，读过本书，会提高你的审美水平，进一步增强写作能力。对于文章后面的解读与欣赏，我们的思路是：尽管许多作品臻于完美，但还是取其一点，抓住最突出的特色分析透彻，不风过水皮，面面俱到，让读者读后必有所得，强化其阅读的实用性。评点语言要求准确、到位，轻松有趣，读起来有愉悦感。

在本书编辑过程中，几十位学子付出辛勤的劳动，他们认真研读原作，反复揣摸，赏析文字几易其稿。全部完成之后，又经杨守森教授、张学军教授审阅，再次加工润色。对此一并表示感谢！

丁建元

目录

目录

扫帚把上的沉思

[爱尔兰] 乔·斯威夫特

你看这根扫帚把，现在灰溜溜地躺在无人注意的角落，我曾在树林里碰见过，当时它风华正茂，树液充沛，枝叶繁茂。如今变了样，却还有人自作聪明，想靠手艺同大自然竞争，拿来一束枯枝捆在它那已无树液的身上，结果是枉费心机，不过颠倒了它原来的位置，使它枝干朝地，根梢向天，成为一株头冲下的树，归在任何干苦活儿的脏婆子的手里使用，从此受命运摆布，把别人打扫干净，自己却落得个又脏又臭，而在女仆们手里折腾多次之后，最后只剩下一支根株了，于是被扔出门外，或者作为引火的柴火烧掉了。

我看到了这一切，不禁兴叹，自言自语一番：人不也是一根扫帚把么？当大自然送他入世之初，他是强壮有力的，处于兴旺时期，满头的天生好发；如果比作一株有理性的植物，那就是枝叶齐全。但不久酗酒贪色就像一把斧子砍掉了他的青枝绿叶，只留给他一根枯株。他赶紧求助于人工，戴上了头套，以一束扑满香粉但非他头上所长的假发为荣。要是我们这把扫帚也这样登场，由于把一些别的树条收集到身上而得意扬扬，其实这些条上尽是尘土，即使是最高贵夫人房里的尘土，我们也一定会笑它是如何虚荣吧！我们就是这样偏心的审判官，偏于自己的优点，别人的毛病！

你也许会说，一根扫帚把不过标志着一棵头冲下的树而已，那么请问：人又是什么？不也是一个颠倒的动物？他的兽性老骑在理性背上，他的头去了该放他的脚的地方，老在土里趴着，可是尽管有这么多毛病，还自命为天下的改革家、除弊者、申冤者，把手伸进人世间每个藏污纳垢的角落，扫出来一大堆从未暴露过的肮脏，把原来干净的地方弄得尘土满天，肮脏没扫走而扫的人自己倒浑身受到了污染；到晚年又变成女人的奴隶，而且是一些最不堪的女人，直到磨得只剩下一支根株，于是像他的扫帚老弟一样，不是给扔出门外，就是被拿来生火，供别人取暖了。

（王佐良 译）

作者简介

乔·斯威夫特（1667—1745），爱尔兰作家，著有《格列佛游记》《一只桶的故事》等。

乔纳森·斯威夫特以讽刺文学著称，其犀利而平易的文学风格被评论家称为“斯威夫特式”风格，成为文学批评的术语，在世界文坛留下影响。

《扫帚把上的沉思》是作者由扫帚把而产生的对于人的感慨。文章的结构简单明了，通过对扫帚把的感叹牵出对人的感悟，语言中充满了讽刺的意味，用平实的语言、嘲讽的口吻否定了人的价值。作者常有一些绝妙的想法，在文中把头发当成一种具有特殊意味的象征，“处于兴旺时期，满头的天生好发”，而当“酗酒贪色就像一把斧子砍掉了他的青枝绿叶……他赶紧求助于人工，戴上了头套，以一束扑满香粉但非他头上所长的假发为荣”。这种奇特的比喻抓住了最形象的部分，带有一种独特的魅力，让人不得不叹服于作者的奇思妙想。

文中详细地阐述了人与扫帚把的相似之处：在成长之初，无时不绽放着生命的光彩，然而当生命继续进行，却颠倒了一切，头下脚上地过完一生。人比扫帚把还可鄙，因为人“尽管有这么多毛病，还自命为天下的改革家、除弊者、申冤者”，结果“肮脏没扫走而扫的人自己倒浑身受到了污染”，最终的命运其实同扫帚把一样，“不是给扔出门外，就是被拿来生火，供别人取暖了”。这种天马行空似的比喻给人最直接的印象，让读者在比喻中真正理解作者的意图。斯威夫特看待“人”有其独特的视角，在从读者正常的视角向他的叙述语言的转换中，生命的神奇的魅力蓦然凸现了出来，作者那饱经风霜的心灵往往透露出一生的智慧。

帕斯卡尔对人有一个诗意的定义：“人只不过是一根芦苇，是自然界最脆弱的东西；但他是一根能思想的芦苇。”思想的舞动，让人变得美丽，变得高贵，变得伟大，散发出内在的光。然而在斯威夫特的眼中，更多地看到的是人卑琐、颓唐、消极的一面。这不仅仅由于他的性格，也有人生经历的因素。斯威夫特曾在英国的政治漩涡中沉浮，他的文字镌刻着他那段经历的影响，反映了他对现实的愤慨。

（孔 硕）

天鹅

[法国] 乔·布封

在任何社会里，不管是禽兽的或人类的社会，从前都是暴力造成霸主，现在却是仁德造成贤君。地上的狮、虎，空中的鹰、鹫，都只以善战称雄，以逞强行凶统治群众；而天鹅就不是这样，它在水上为王，是凭着一切足以缔造太平世界的美德，如高尚、尊严、仁厚等等。它有威势，有力量，有勇气，但又有不滥用权威的意志、非自卫不用武力的决心；它能战斗，能取胜，却从不攻击别人。作为水禽界爱好和平的君王，它敢于与空中的霸主对抗；它等待着鹰来袭击，不招惹它，却也不惧怕它。它的强劲的翅膀就是它的盾牌，它以羽毛的坚韧、翅膀的频繁扑击对付着鹰的嘴爪，打退鹰的进攻。它奋力的结果常常是获得胜利。而且，它也只有这一个骄傲的敌人，其他善战的禽类没一个不尊敬它，它与整个的自然界都是和平共处的：在那些种类繁多的水禽中，它与其说是以君主的身份监临着，毋宁说是以朋友的身份看待着，而那些水禽仿佛个个都俯首帖耳地归顺它。它只是一个太平共和国的领袖，是一个太平共和国的首席居民，它赋予别人多少，也就只向别人要求多少，它所希冀的只是宁静与自由。

对这样的一个元首，全国公民自然是无可畏惧的了。

天鹅的面目优雅，形状妍美，与它那种温和的天性正好相称。它叫谁看了都顺眼。凡是它所到之处，它都成了这地方的点缀品，使这地方美化；人人喜爱它，人人欢迎它，人人欣赏它。任何禽类都不配这样地受人钟爱：原来大自然对于任何禽类都没有赋予这样多的高贵而柔和的优美，使我们意识到它创造物类竟能达到这样妍丽的程度。那俊秀的身段，圆润的形貌，优美的线条[①]，皎洁的白色[②]，婉转的、传神的动作，忽而兴致勃发、忽而悠然忘形的姿态，总之，天鹅身上的一切都散布着我们欣赏优雅与妍美时所感到的那种舒畅，那种陶醉，一切都使人觉得它不同凡俗，一切都描绘出它是爱情之鸟[③]；古代神话把这个媚人的鸟说成天下第一美女的父亲[④]，一切都证明这个富有才情与风趣的神话是很有根据的。

我们看见它那种雍容自在的样子，看见它在水上活动得那么轻便，那么自由，就不能不承认它不但是羽族里第一名善航者，并且是大自然提供给我们的航行术的最美的模型[⑤]。可不是么，它的颈子高高的，胸脯挺挺的、圆圆的，就仿佛是破浪前进的船头；它的宽广的腹部就像船底；它的身子为了便于疾驶，向前倾着，愈向前就愈挺起，最后翘得高高的就像船舶；尾巴是地道的舵；脚就是宽阔的桨；它的一对大翅膀在风前半张着，微微地鼓起来，这就是帆，它们推着这艘活的船舶，连船带驾驶者一起推着跑。

天鹅知道自己高贵，所以很自豪，知道自己美丽，所以很自好。它仿佛故意摆出它的全部优点：它那样儿就像是要博得人家赞美，引起人家注目。而事实上它也真是令人百看不厌的，不管是我们从远处看它成群地在浩瀚的烟波中，和有翅的船队一般，自由自在地游着，或者是它应着召唤的信号，独自离开船队，游近岸旁[⑥]，以种种柔和、婉转、妍媚的动作，显出它的美色，施出它的娇态，供人们仔细欣赏。

天鹅既有天生的美质，又有自由的美德；它不在我们所能强制或幽禁的那些奴隶之列[7]。它无拘无束地生活在我们的池沼里，如果它不能享受到足够的独立，使它毫无奴役俘囚之感，它就不会逗留在那里，不会在那里安顿下去。它要任意地在水上遍处遨游，或到岸旁着陆，或离岸游到水中央，或者沿着水边，来到岸脚下栖息，藏到灯芯草丛中，钻到最偏僻的港湾里，然后又离开它的幽居，回到有人的地方，享受着与人相处的乐趣——它似乎是很欢喜接近人的，只要它在我们这方面发现的是它的居停和朋友，而不是它的主子和暴君。

天鹅在一切方面都高于家鹅一等。家鹅只以野草和籽粒为生，天鹅却会找到一种比较精美的、不平凡的食料；它不断地用妙计捕捉鱼类；它做出无数的不同姿态以求捕捉的成功，并尽量利用它的灵巧与气力。它会避开或抵抗它的敌人：一只老天鹅在水里，连一匹最强大的狗它也不怕；它用翅膀一击，连人腿都能打断，其迅疾、猛烈可想而知。总之，天鹅似乎是不怕任何暗算、任何攻击的，因为它的勇敢程度不亚于它的灵巧与气力。

驯天鹅的惯常叫声与其说是响亮的，毋宁说是浑浊的；那是一种哮喘声，十分像俗语所谓的“猫咒天”，古罗马人用一个谐声字“独楞散”[8]表示出来，听着那种音调，就觉得它仿佛是在恫吓，或是在愤怒；古人之能描写出那些和鸣锵锵的天鹅，使它们那么受人赞美，显然不是拿一些像我们驯养的这种几乎喑哑的天鹅做蓝本的。我们觉得野天鹅曾较好地保持着它的天赋美质，它有充分自由的感觉，同时也就有充分自由的音调。可不，我们在它的鸣叫里，或者说在它的嘹唳里，可以听得出一种有节奏、有曲折的歌声，有如军号的响亮，不过这种尖锐的、少变换的音调远抵不上我们的鸣禽的那种温柔的和声与悠扬朗润的变化罢了。

此外，古人不仅把天鹅说成一个神奇的歌手，他们还认为，在一切临终时有所感触的生物中，只有天鹅会在弥留时歌唱，用和谐的声音作为最后叹息的前奏。据他们说，天鹅发出这样柔和、这样动人的声调，是在它将要断气的时候，它是要对生命作一个哀痛而深情的告别；这种声调，如怨如诉，低沉地、悲伤地、凄黯地构成它自己的丧歌⑨。他们又说，人们可以听到这种歌声，是在朝暾初上、风浪既平的时候；甚至于有人还看到许多天鹅唱着自己的挽歌，在音乐声中气绝了。在自然史上没有一个杜撰的故事，在古代社会里没有一则寓言比这个传说更被人赞美、更被人重述、更被人相信的了；它控制了古希腊人的活泼而敏感的想象力；诗人也好，演说家也好，乃至哲学家⑩，都接受着这个传说，认为这事实实在太美了，根本不愿意怀疑它。我们应该原谅他们杜撰这种寓言；这些寓言真是可爱，也真是动人，其价值远在那些可悲的、枯燥的史实之上；对于敏感的心灵来说，这都是些慰藉的比喻。无疑地，天鹅并不歌唱自己的死亡；但是，每逢谈到一个大天才临终前所作的最后一次飞扬、最后一次辉煌表现的时候，人们总是无限感慨地想到这样一句动人的成语："这是天鹅之歌！"

（范希衡 译）

作者简介

乔·布封（1707—1788），法国博物学家、作家，用40年时间写成36卷巨册的《自然史》。

在人类心目中，天鹅是美的化身。关于天鹅，有着各种各样美丽动人的传说。法国博物学家乔·布封在他的散文名篇《天鹅》中为我们详细介绍了这种美丽的生物。

天鹅不仅身段俊秀、形貌圆润、线条优美，而且灵巧、强劲、勇敢、高贵、仁厚。大自然赋予它的这一切使它成为水禽界爱好和平的君王。除了这些，天鹅还拥有“自由的美德”，它总是无拘无束，“任意地在水上遍处遨游”。即便是面对自称是“万物之灵长”的人类，它也总是不卑不亢地以朋友的身份与之相处。

如此完美的天鹅，无疑是作者理想中人格美的化身。

布封热情地赞颂天鹅的“有威势，有力量，有勇气，但又有不滥用权威的意志、非自卫不用武力的决心”，赞颂它与整个自然界的和平共处，这正是他对此种人格的呼唤。人类作为自然界中最聪明的物种，不免会产生凌驾于万物之上的优越感，由是而依照自己的欲望任意破坏自然，威胁其他物种的生存。这样的行为不仅会打破自然界的和谐，也终将给人类自己带来灾难。如果说在布封的年代这仅仅还是一种远虑的话，那么在今天看来，生态失衡和环境污染已经实实在在地给地球和人类带来了威胁。因此，学习天鹅的以仁德对待万物，与自然和平相处，就显得更为迫切和重要了。

天鹅的身上还寄托着人类对自由的渴望。天鹅因自由而高贵，因自由而“在一切方面都高于家鹅一等”，因自由而拥有响亮如军号的鸣叫声。甚至可以说，正是自由造就了天鹅的美丽。对人类而言，自由无疑也是成就美丽人生的必备要素。那些臣服于“主子和暴君”的人们，只能像家鹅一样囚在庭院之中，满足于“野草和籽粒”，再也不能像天鹅一样拥有一对可以自由飞翔的翅膀；那些被权贵驯服的人们，只能像驯天鹅般发出哮喘一样的音调，再也不能像天鹅那样唱出“有节奏、有曲折的歌声”。

世界上也许再没有哪一种生物像天鹅这样承载了人类如此众多的对美的渴望和对自由的向往。天鹅在人类心目中简直成为世间一切美德的象征，以至于古人为它杜撰了像“天鹅之歌”这样美丽动人的寓言。虽然天鹅并不歌唱自己的死亡，但是在人类看来，天鹅的死亡本身就如同一位伟大天才的临终谢幕，也只有那些像天鹅一样高贵、自由的人，他们的最后一次飞扬、最后一次辉煌才称得上“天鹅之歌”。

（李欣蔓）

① 古希腊诗人奥维德形容美女迦拉蒂(Galatee)说：“比天鹅的羽毛还柔美。”(见《变形记》条十三)。——布封原注

② “白如天鹅”，各民族都有这样一句成语。古希腊人是这样说的。古罗马诗人维吉尔也说：“迦拉蒂白得赛过天鹅。”在古叙利亚人的语言里，“白”和“天鹅”两名词是同一个字。——布封原注

③ 古罗马诗人贺拉斯说，爱神之母——美神维纳斯用天鹅拉车。——布封原注

④ 据古代传说，美女海伦(Hélène)是蕾妲(Léda)和一只天鹅交配而生的，原来这天鹅就是大神朱庇特的幻形。希腊悲剧家欧里庇得斯形容海伦说，她具有“天鹅一般的体貌”。——布封原注

⑤ 古时的船舶上画着天鹅的最多。天鹅出现在船前，舵手就认为是好兆头。——布封原注

⑥ 天鹅游得很优雅，它愿意的时候，也能游得很快；谁招呼它它就游到谁的跟前。——布封原注

⑦ 院子里关着的天鹅经常是忧郁的；沙砾会伤它的脚：它费尽心机要逃走、要飞掉，如果它每次换毛时你不剪短它的翅膀，它就真个扬长而去了。——布封原注

⑧ Drensant，拉丁文，出自动词drensare，“(天鹅)鸣，叫”。

⑨ 据毕达哥拉斯(Puthagore，纪元前6世纪)说，那是一个欢乐之歌，因为天鹅庆幸自己将转入一个更好的生命。——布封原注

⑩ 在柏拉图的著作里，苏格拉底是相信这事的，连亚里士多德也是相信的，不过他们都是接受的民间传说，并根据外国记载。——布封原注

不自由，毋宁死

［美国］帕特里克·亨利

主席先生：

人在怀着希望的时候总容易陶醉于幻想。我们老喜欢闭着眼睛不看痛苦的现实，而在倾听赛壬的歌声，直到她把我们变成了牲畜①为止。可是，为自由而进行着艰苦伟大的斗争的有头脑的人们难道也能这样做么？我们愿意成为那种连跟自己的现实解放有着密切关系的问题都视而不见听而不闻的人么？

就我说来，无论会遭到什么精神上的折磨，我都希望明白事情的全部真相，哪怕是最坏的真相，以便采取对策。我只有一盏指路的明灯，那就是经验的灯。要预测未来，除了借鉴于过去之外，别无他法；而在借鉴过去的时候，我倒很想明白英国政府十年来的所作所为究竟有什么东西足以证明先生们所喜欢用以安慰自己和议会的希望。

难道是对我们最近提出的要求的那个阴险难测的微笑么？不要相信它，先生；它最终会证明不过是布置在你脚下的罗网。不要让你自己被一个吻出卖掉②。请问问你自己，在接受我们的请求时所表现的这种宽厚慈祥的样子，跟密布在我们的水域上和威胁着我们的陆地的战争准备如何协调？难道海军和陆军竟是进行爱与和解的工作所不可缺少的么？难道是因为我们表现得太不肯和解，为了赢得我们的爱非诉诸武力不可么？

别再欺骗自己了吧，先生。那都是战争和征服的工具，是国王们最后的辩论手段。请问，先生们，这样的兵临城下的局面如果不是威逼我们投降，又是为了什么？先生们还能指出什么别的动机么？难道大不列颠在世界的这一片地方还有什么值得它这样调集海陆两军的敌人吗？

没有，先生们，完全没有。这都是针对我们来的；不可能是针对别的什么人。他们是被派来把英国内阁长期锻造的锁链在我们身上捆紧钉牢的。我们能用什么东西来对付他们呢？

争辩吗？十年来我们一直在争辩。难道在这个题目上我们还能讲得出什么新鲜的道理么？没有了。我们已经把这个问题的一切可能的方面阐述完了，可是毫无作用。

我们还能再去乞讨，再去卑躬屈膝地请愿么？难道我们还有什么词句没有用尽么？

我请求你，先生，别再自我欺骗了。风暴正在袭来，先生，我们曾经尽一切可能想躲开它。我们曾经请求过、抗辩过、请过愿，甚至匍匐在王位面前，乞求它的干预，乞求它制止内阁和国会的暴虐的手。

可是，我们的申请得到的是轻视，我们的抗议带来的是更多的暴力和侮辱；我们苦苦哀求，却没有谁理会，倒是被从王座前面一脚踢开了。没有用的，在经历过这一切之后我们难道还能陶醉于和平和和解的不切实际的希望么？再也没有什么可希望的了。

如果我们想要自由，如果我们想要保持我们长期为之斗争的权利不受侵犯，如果我们不打算卑鄙地放弃多年来进行着的高尚的斗争——我们曾经保证不达目的誓不罢休的光荣斗争，那么，我们就必须战斗！我重复一句，先生，我们必须战斗！目前唯一的出路便是诉诸武力和诉诸万军之主的上帝！

有人告诉我们，先生，我们太弱了，无法和这样庞大可怕的敌人做斗争。但是，我们要什么时候才会强大起来呢？是在我们全部缴械，每家门口都站上一个不列颠的士兵的时候么？难道老是举棋不定，无所作为，我们就能聚集起力量来么？难道一味沉溺于骗人的幻想，躺着不动，直到被敌人捆住手脚，就能创造出有效的抵抗手段么？

先生，只要我们能恰当使用上帝交给我们使用的一切自然的条件，我们并不弱小。在我们这样的国度里，为神圣的自由的事业而拿起武器的三百万人是征服不了的，无论敌人派来什么样的部队。

何况我们并不是孤军作战：我们有上帝，他主宰着一切民族的命运，他还会唤醒朋友来支援我们。战争并不仅仅属于强者，它也属于机智、活跃、勇敢的人。何况我们已经全无选择的余地。即使我们卑劣到还想退却的地步，也已经太晚了，来不及了。除了投降与奴役，我们已经无处可退！我们的锁链已经铸就，在波士顿的原野上已经可以听见它的叮当之声。既然战争已经躲避不了，那就让它来吧！我重复一句，先生，让它来吧！

先生，要想避免事态扩大已经不可能了，先生们可以高叫“和平，和平”，可是和平早已不复存在，战争实际上已经开始！下一次狂风从北方卷来的时候我们的耳里就会听见铿锵的刀剑之声！我们的弟兄们早已经在战场上，我们为什么还站在这儿无所事事？

先生们想得到的是什么？他们能得到的是什么？难道生命如此宝贵，和平如此甜蜜，非用锁链和奴役作为代价来换取不可么？全能的上帝啊，这是不能容许的！别人做什么打算我不知道，可是我自己的态度是：给我自由，否则给我死亡！

（孙法理 译）

作者简介

帕特里克·亨利(1736—1799)，美国革命家、演说家，弗吉尼亚首任州长。

总有一种力量，让我们叹为观止；总有一种精神，让我们泪流满面。《不自由，毋宁死》便带给我们这样一种艺术感受和心灵震撼。帕特里克·亨利是美国独立战争时期著名的演说家和政治家，他的这篇广为流传、脍炙人口的演说在美国文献史上占有特殊的地位。当时，北美殖民地面临历史性选择：要么拿起武器争取独立，要么妥协让步甘受奴役。帕特里克·亨利以革命家的勇气、政治家的敏锐眼光，以饱满的爱国热情，以铁一样的事实沉重地驳斥了主和派的种种谬误，阐明了利用武装斗争进行民族解放的必要性和可能性。从此，“不自由，毋宁死”的口号激励着千百万北美人为自由独立而战。这篇演说也成为世界演说史上的名篇佳作。

帕特里克·亨利在弗吉尼亚州议会上的发言，一开始就以沉重的笔触揭示出“我们”这些人安于现状不思进取，闭着眼睛漠视现实的痛苦。然而笔锋一转，紧接着用刚劲有力的口吻提出：“为自由而进行着艰苦伟大的斗争的有头脑的人们难道也能这样做么？”这种力度分明的对比势必强烈地引起与会者心灵的不安与震撼。为自由而呐喊的激情演说就此拉开了帷幕。自由对人来说是美好的、难能可贵的，然而争取充分的自由则是需要付出无数代价的。作者紧接着以一系列铁铮铮的事实陈述了英国暴政给北美人民带来的无情戕害，他们从前在温柔面纱和慈祥微笑下的所作所为，不过是为了控制和奴役北美人民。在这种民族危亡的关头，北美人民站在时代的风口浪尖上，只有拿起武器争取独立才是最好的出路。崇尚自由的心声逸出历史的盲点，升上时代的地平线。“别再欺骗自己了吧，先生。”“我请求你，先生，别再自我欺骗了。”这两度呼喊起到警示人心的作用。

作品处处动之以情，晓之以理。为了追求自由，“我们”曾经做出了无数的努力。“我们”的申请被轻视，“我们”的抗议带来的是更多的暴力和侮辱，“我们”的苦苦哀求又被一脚踢开。陶醉于和平的不切实际的希望幻化成泡影，无以复加的痛苦和纷至沓来的忧伤让“我们”不能在沉默中等待死亡，而要选择爆发。文中三个“如果”做铺垫，以情感饱满的激情提出“我们必须去战斗”，这铿锵有力的呐喊成为北美人民反抗英国暴政的宣言书。对自由的渴望在此成为时代的主旋律，任何别有用心的企图都不能动摇“我们”对自由的渴望与执着。生命如果没有尊严，只能生存但不能生活着！最后，“给我自由，否则给我死亡”的豪言壮语无疑把演讲推向了高潮。

这篇演说措辞激烈，但是处处紧扣时代形势，使人不得不信服他那激烈的论点。值得一提的是，这是一篇主观性极强的作品，字里行间都充满着作者的情感倾向，充分体现了他的政治见解和为自由独立的愿望。然而这一切都隐含在客观的陈述当中，说理到位，论辩清晰，而不露痕迹，因而更富有艺术感染力。这正是《不自由，毋宁死》精湛的艺术技巧所在。

（刘　辉）

① 作者在这里把希腊神话里的两个女妖搞混了。赛壬(Siren)是以歌声迷人使舟子覆舟的女妖。把人变成牲畜的女妖是赛西(Circe)。两个故事都见史诗《奥德赛》。

②《圣经》故事。叛徒犹大出卖耶稣是用一个吻来向抓耶稣的人作暗示的。

现场写景——一个夏日的描述

［英国］莱·亨特

此刻，曙光女神从她那橘红色的闺楼里慢慢地撒下了玫瑰色的万道光芒，湿润的空气抵抗不住她魅力的诱惑而聚集在她周围。女神在空气的掩映下，尽情地呼吸着，舒展着身子，直到威力无比的太阳神到来。太阳神驾到了，他居高临下，俯视下物，在光的王族里，他有着不可侵犯的显赫地位。这当儿，割草人开始减慢了修剪速度，不时地停下来，咂两口啤酒。一个赶车人在满载干草的车顶上好像昏然入睡一样，或许他只是疲惫不堪地拖着双肩并未入睡，两只眨巴着的眼睛在遮阳帽下直往远处瞧着什么，嘴巴上还叼着一条牵牲口的套索。这时，一个小姑娘坐在祖母家的门口，注视着来往的车马，她把一只手举到额前，以避开刺眼的阳光。身着白汗衫的庄稼汉们，在啤酒馆的屋檐下歇息，显得轻松愉快。阳光下，一棵榆树，枝繁叶茂，如伞如盖，树下有一张乘凉的椅子，几匹马贪馋地伸长着脖子，在马槽里饮水，颈上的套绳都拉得紧绷绷的；一位过路人要来了啤酒，不到十分钟就喝完了一杯。他的坐骑在旁边不停地躲闪着蚊子的进攻，皮肤不时地剧烈地抽搐着，那条短尾巴徒然无用地甩来甩去。

店家的女儿——贝蒂·威尔逊小姐，身穿大花衣裳，两只耳垂上坠着耳环，她用纤细的手，拈着一杯泡沫四溢的啤酒从里面飘然而出。过路人喝完后，她不屑一顾地接过杯子，然后又带着另一种神态——一副公事公办的样子，向过路人要了两个便士。此刻，蚱蜢像 Dryden 在维吉尔的田园诗里写到的那样在“蹦跳”，而牛却跑下河了，河里的鸭子更使人羡慕。路边的人群和树木都已遍布尘土。人们把几条狗扔进河里抢树枝取乐。它们上岸，在地上打几个滚后，往围观的人们的脚边乱窜，直吓得他们发出阵阵嘘声。那边，一个赶路的人，脚穿一双过小的鞋子，陷入了极度的困境，因为他还要走三里多路呢。烈日当空，屋子热得不堪忍受，愁眉苦脸的学徒正回想着孩童时曾经常常在学校里洗澡嬉戏的那汪水塘；那些头上搽粉的人，特别是粉层较厚的人，嫉妒那些没有搽粉的人，并且，停步狠命抽打头上的粉，完全一副与命运抗争的架势。调皮的孩子们聚集在村里水桩周围，用一把木勺在那儿戏水，湿透了各自脚上的鞋，这些孩子还用皮革做了一些叫“吸皮”的小玩意儿。他们整天泡在河里和水塘里，挖空心思捉丝鱼。蜜蜂嗡嗡作响的声音也像是在抱怨气候的酷热难忍；就连门和砖墙也变得灼热烫手。靠近砖瓦场的那条高墙窄巷里面，四处尘土，遍地碎玻璃，更热得令人不敢想象。然而，恰恰相反，那条榆树成行的绿色小巷，却成了世界上最使人流连忘返、让人身心畅快的地方。那里还不时地发出小溪流水的哗哗声，正像斯宾塞在其著作里写到的那样：“小鹅卵石在水里发出嗒嗒的响声。”

同一时间里，城里多舌的家庭主妇们更关不住她们的话匣子，不管在房子里，在门道里，还是在窗外，她们总是憋不住要说上几句话，而且一开口总是说“简直热得不堪忍受”。家家户户的百叶窗降到了窗下缘。门大大地敞开着，法兰绒的外衣被搁置一旁。冷肉总是那么抢手，而热的却无人问津。人们觉得奇怪怎么茶总是像刚泡开一样烫嘴，他们喜欢把莴苣切成片放进碗里。店铺里的学徒用水罐在楼道上不停地洒水，仅能使少量尘土不再飞扬，而运水的水车在街心隆隆而过，把车上水箱里大量的水摇晃在地上，倒还真正做了件好事。此时，光临水果店和奶品店的人特别多，有幸接触到冰块的人，真有些爱不释手。妇女们则泡在澡盆里打发时间；香气宜人的鲜花成了最好的礼物，有色酒里放上了冰。那个晚上饭后出门兜风的人从长颈瓶里取出香水往头上洒，以此取乐。他忍不住去骑上那匹新买的马，也觉得靴子里一阵灼热。鹿皮衣再也不像高斯岛的细麻布，赛马的骑师穿上厚厚的大衣做他们通常做的减肥运动，而此时也热得嘴里不停地抱怨。坐在公共马车上的五个胖子此时最怨恨的是刚上车的那个胖子，他们觉得他不该占据如此大的空间。那些坐在办公室里的职员，什么也干不成，只是边喝汽水或松针酒，边看报纸。收旧衣的小商贩对着街对面那一片空旷灼热的地方，有气无力地叫喊着。面包师露出难看的面容，厨师也显得好动怒；酒店冒出的炉烟在我们看来也像地狱里出来的妖气一般。此时，蚊虫包围着细嫩的肌肤；顽皮的孩子们用一面镜子将正在熟睡的伙伴搅醒。铁匠的身躯犹如古铜一般，皮匠躲在棚子下直想为自己植一层皮。奶酪也融化了；骑兵们开始怀疑古罗马的兵士们如何穿戴得住他们那笨重的头盔；经常炫耀自己的富妪们也不得不卸下头上的装饰物，走在街上显出一副破败相，女仆们生怕她们由于热而显得出格。这时，本文作者要来一盘草莓，也觉得该就此搁笔了。

（李光荣 译）

作者简介

莱·亨特（1784—1859），英国评论家、散文家和诗人。代表作《论握手》《想象》等。

莱·亨特是一位大师级的写景高手，如果你仔细阅读他的散文《现场写景》，你就会对此深信不疑。可以说，《现场写景》是一篇难得的写景佳作，它向我们展示了在一个炎炎夏日里，各色人物面对酷暑所表现出来的众生相。

文学创作离不开观察力的培养。一个对生活不够敏感、观察不够仔细的人，是很难创作出优秀作品来的。而才思敏捷、独具慧眼的作家则会用他老到的笔触向我们展现出一个我们轻易不能觉察到的另一番景象。而这些细节，往往会由于我们的熟视无睹甚至麻木不仁而忽略和遗漏。作者所展现的生活，正是作者才情的抒发、主观感受的映射。王国维在《人间词话》中说："以我观物，故物皆着我之色彩。"大体如此。融入作者才情，并展现在读者面前的文字，都是作者情感的体验和精神的寄托。而《现场写景》这篇散文，正是作者莱·亨特的观察力和情感旨归的独特展现。莱·亨特是英国文学界出了名的散文家和诗人，他曾经因为以文讥讽摄政王——后来的乔治四世而被罚款并判处两年监禁，然而他在牢狱之中仍能自得其乐，牢壁缀画，牢外种花，编刊读书，结交朋友，视牢狱如无物，为囚不久，声誉日隆，文学界一时传为美谈。此种行径，非大家不能为也。

打开他的这篇《现场写景》，你会发现，在日常生活中我们司空见惯的情景，在作家眼中却独具诗意。作者把曙光比作女神，充满了魅力和母性气息，而太阳神的出现，则成了这篇散文以下描述情景出现的诱因。作者在这篇文章中着重展现的是他的文学素描的功底。割草工人、赶车人、坐在祖母家门口的小姑娘、庄稼汉们、店主的女儿、过路人、孩童、搽粉的、多舌的家庭主妇们，他们因各自身份和地位的不同，在一样的酷热难耐中，却表现出各不相同的神情和体态。而每种表现，确能体现出他们身份地位的差异与性格特点的不同。在作者对各色人物的刻画和描绘中，细节描写的特点是最为突出的。你看看，当太阳神出来之后，割草人“开始减慢”了修剪速度，“不时地停下来，咂两口啤酒”；坐在祖母家门口的小姑娘，在注视来往车马的时候，总是“把一只手举到额前，以避开刺眼的阳光”。这种细致入微的描写，不仅体现出作者敏锐的观察力，同时，更主要的是突出“炎热”的主题。同样的笔触，在这篇散文中随处可见，就连动物们的情态也没有逃出作者的视野:“几匹马贪馋地伸长着脖子，在马槽里饮水，颈上的套绳都拉得紧绷绷的。”作者信手拈来却又表现得十分到位。特别是他对人物复杂心态的表现，更是淋漓尽致。他笔下的店家女儿，既有“拈着一杯泡沫四溢的啤酒从里面飘然而出”的热情待客，又有“不屑一顾地接过杯子”，“要了两个便士”，“一副公事公办的样子”的神情，真是拿捏自如，让人读之犹感就在眼前。同样的还有对搽粉的人、赶路的人的描写，尽在作者的掌握之中。

窥一斑而知全豹。通过以上的个别举例说明，能看出莱·亨特那独特的描写功底，而这种功底的形成，出自于作者独特而细致的观察。那么，无论对于文学爱好者还是有意尝试文学创作的朋友来说，细读这篇散文，无疑会有意想不到的收获。

（蒋 楠）

到尼亚加拉大瀑布

[英国]狄更斯

那一天的天气寒冷潮湿，着实苦人；凄雾浓重，几欲成滴，树木在这个北国里还都枝柯赤裸，完全冬意。不论多会儿，只要车一停下来，我就侧耳静听，看是否能听到瀑布的吼声，同时还不断地往我认为一定是瀑布所在那方面死乞白赖地看；我所以知道瀑布就在那一方面，因为我看见河水滚滚朝着那儿流去；每一分钟都盼望会有飞溅的浪花出现。恰恰在我们停车以前几分钟内，我看见了两片嵯峨的白云，从地心深处巍巍而出，冉冉而上。当时所见，仅止于此。后来我们到底下了车了；于是我才头一回听到洪流的砰訇，同时觉得大地都在我脚下颤动。

崖岸陡峭，又因为有刚刚下过的雨和化了一半的冰，地上滑溜溜的，所以我自己也不知道我是怎么下去的，不过我却一会儿就站在山根那儿，同两个英国军官（他们也正走过那儿，现在和我到了一块）攀登到一片嶙峋的乱石上了；那时湍渤大作，震耳欲聋，玉花飞溅，蒙目如眯，我全身濡湿，衣履俱透。原来我们正站在美国瀑布[①]的下面。我只能看见巨浸滔天，劈空而下，但是对于这片巨浸的形状和地位，却毫无概念，只渺渺茫茫，感到泉飞水立，浩瀚汪洋而已。

我们坐在小渡船上，从紧在这两个大瀑布前面那条汹涌奔腾的河里过的时候，我才开始感到是怎么回事；不过我却有些目眩心摇，因而领会不到这副光景到底有多博大。一直到我来到平顶岩[②]上看去的时候——哎呀天哪，那样一片飞立倒悬的晶莹碧波！——它的巍巍凛凛，浩瀚峻伟，才在我眼前整个呈现。

于是我感到，我站的地方和造物者多么近了，那时候，那副宏伟的景象，一时之间所给我的印象，同时也就是永永无尽所给我的印象——一瞬的感觉，而又是永久的感觉——是一片和平之感：是心的宁静，是灵的恬适，是对于死者淡泊安详的回忆，是对于永久的安息和永久的幸福恢廓的展望[③]，不掺杂一丁点暗淡之情，不掺杂一丁点恐怖之心。尼亚加拉一下就在我心里留下了深刻的印象——留下了一副美丽的形象；这副形象，一直永世不尽留在我的心头，永远不改变，永远不磨灭，一直到我的心房停止了搏动的时候。

我们在那个神工鬼斧、天魔帝力所创造出来的地方待了十天，在那永久令人不忘的十天里，日常生活中的龃龉和烦恼，如何离我而去，越去越远啊！巨浸的砰訇对于我如何振聋发聩啊！绝迹于尘世之上而却出现于晶莹垂波之中的，是何等的面日[④]啊！在变幻无常、横亘半空的灿烂虹霓四围上下，天使的泪如何玉圆珠明，异彩缤纭，纷飞乱洒，纵翻横出啊！在这种眼泪里，天心帝意，又如何透露而出啊！

我一起始，就跑到了加拿大那一边儿，在那十天里就一直在那儿没动。我从来没再过过河；因为我知道，河那边也有人，而在这种地方，当然不能和不相干的闲杂人掺和。整大往来徘徊，从一切角度，来看这个垂瀑；站在马蹄铁大瀑布的边缘上，看着奔腾的水，在快到崖头的时候，力充劲足，然而却又好像在驰下崖头、投入深渊之前，先停顿一下似的；从河面上往上看，巨涛下涌；攀上邻岭，从树杪间瞭望，看激湍盘旋而前，翻下万丈悬崖；站在下游三英里的巨石森岩下面，看着河水，波涌涡漩，砰訇应答，表面上看不出来它所以这样的原因，实在在河水深处，却受到巨瀑奔腾的骚扰；永远有尼亚加拉当前，看它受日光的蒸腾，受月华的迤逗，夕阳西下中一片红，暮色苍茫中一片灰；白天整天眼里看它，夜里枕上醒来耳里听它：这样的福就够我享的了。

我现在每到平静之时都要想：那片浩瀚汹涌的水，仍旧尽日横冲直滚，飞悬倒洒，砰訇湔渤，雷鸣山崩；那些虹霓仍旧在它下面一百英尺的空中弯亘横跨。太阳照在它上面的时候，它仍旧像玉液金波，晶莹明澈。天色暗淡的时候，它仍旧像玉霰琼雪，纷纷飞洒；像轻屑细末，从白垩质的悬崖峭壁[5]上阵阵剥落；像如絮如棉的浓烟，从山腹幽岫里蒸腾喷涌。但是这个滔天的巨浸，在它要往下流去的时候，永远老像要先死去一番似的，从它那深不可测、以水为国的坟里，永远有浪花和迷雾的鬼魂，其大无物可与伦比，其强永远不受降伏，在宇宙还是一片混沌、黑暗还复掩渊面的时候，在匝地的巨浸——水——以前，另一个漫天的巨浸——光——还没经上帝吩咐而一下弥漫宇宙的时候[6]，就在这儿森然庄严地呈异显灵。

（张谷若 译）

作者简介

狄更斯（1812—1870），英国批判现实主义小说家，著有《匹克威克外传》《雾都孤儿》《老古玩店》《艰难时世》等。

自然界充满了神奇。在我们人类实践活动无法触及的地方，大自然以其超然的力量彰显着它的伟力和神秘。而当你读过散文《到尼亚加拉大瀑布》之后，你会发现，作家狄更斯显然是能够捕捉到大自然的这种神秘，并能化而成文的为数不多的作家之一。

对于中国的读者来说，“狄更斯”这个名字耳熟能详，他通常是以小说家的面目出现在我们视野中的。但是，作为大文豪，他的散文创作也异常出色，从这篇《到尼亚加拉大瀑布》中就能窥探一二。这是一篇游记散文，而游赏的过程，总要讲求一定的顺序，或者说要有一条线索。本文是以尼亚加拉大瀑布为描写对象，以“盼望－惊现－震撼－敬畏－相融”这一条叙述作者自己与瀑布之间的关系变化和情感感受的线索为主轴，展示着自己的心灵之旅。作者一开始的“盼望”之情就异常强烈：“每一分钟都盼望会有飞溅的浪花出现。”足见其内心渴望之强烈。然则瀑布不期而至，惊现于作者眼前时，又是另一番景象：“那时澌渤大作，震耳欲聋，玉花飞溅，蒙目如眯……我只能看见巨浸滔天，劈空而下……只渺渺茫茫，感到泉飞水立，浩瀚汪洋而已。”在这一番对瀑布的描写和感情抒发之中，作者是由衷地感到震撼并心生敬畏。作者形容这大自然的神奇用了太多具有这样色彩的词：“巍巍凛凛”“浩瀚峻伟”“神工鬼斧”“天魔帝力”。这些词，充分地展现了大自然的浩瀚神奇，并给作者带来了某种从未有过的敬畏和体验。当作者欣赏胜景时，他惊叹于造物者的神奇，并在这一刻与造物者达到心灵相通、情景交融。时间凝固在奔腾的瀑布间，一瞬间焕发出永恒的深意：“是一片和平之感：是心的宁静，是灵的恬适，是对于死者淡泊安详的回忆，是对于永久的安息和永久的幸福恢廓的展望，不掺杂一丁点暗淡之情，不掺杂一丁点恐怖之心。”

这种宏伟的胜景，让人忘掉尘世的喧嚣，归于对生命的思索。生命仅一瞬，而大自然的胜景却绵延不息，生命在自然面前，真的是渺小而又卑微。如果我们把握住大自然伟力的神秘所在，即那种异彩缤纭，纷飞乱洒，纵翻横出，奔流不息的奥秘，那么，我们在短暂的生命旅途中，将会从大自然中获得无穷的力量、激情和一种奋勇向前的精神，在我们短暂的生命中焕发出耀眼的光彩。

在对瀑布的这种观赏中，作者不仅思索着生命，也思索着宇宙的原初。文章最后一段，作者好像从瀑布中找到了宇宙的秘密："但是这个滔天的巨浸，在它要往下流去的时候，永远老像要先死一番似的，从它那深不可测、以水为国的坟里，永远有浪花和迷雾的鬼魂……在宇宙还是一片混沌、黑暗还复掩渊面的时候，在……还没经上帝吩咐而一下弥漫宇宙的时候，就在这儿森然庄严地呈异显灵。"宇宙的原初即是在此刻中交融于一切的时间停滞和情感凝固。壮美的景色、博大的气魄，向人们昭示着宇宙万物的源头和力量所在。

而生命的生死轮回也尽藏其中，不知从什么时间开始，又将在什么时候结束。它就这样显现出来，给人们留下悬而未决的思考。

（蒋 楠）

① 尼亚加拉大瀑布中有山羊岛，分瀑布为二，在美国界内者为美国瀑布，在加拿大界内者为加拿大瀑布，以其形似，也叫马蹄铁瀑布。前者阔 1180 英尺，高 167 英尺，后者阔 3100 英尺，高 158 英尺。在瀑布边上，河阔 4750 英尺。尼亚加拉瀑布市，在尼亚加拉河东岸，与瀑布相对。

② 平顶岩：巨岩，从前突起而临尼亚加拉大瀑布。1850 年 6 月下陷，现只存一小部分。

③ 狄更斯的妻妹玛丽·后噶斯（Mary hogarth）有一时期，住在狄更斯家里，为之经理家务，十七岁即夭亡。这儿是狄更斯追念她。林粹（Lindsay）的《狄更斯传》（第 132 页）引狄更斯的话说："那位亲爱的女孩子（她现埋骨于肯色·格林 Kensal Green，伦敦郊区公墓之一）如能活到现在而和我们一起来到这样远的地方，那我还有什么舍不得的呢？不过我相信，自从她那甜美的颜面在人间消失了以后，她一定到这儿来过无数次。"

④ 这儿的面目，也指玛丽·后噶斯的而言。下句"天使的泪"也为哀悼玛丽而流。前面说，看到大瀑布，觉得和造物者相近。造物者即上帝。善人死后上天堂，在上帝身边。玛丽死后也自然在上帝身边，上帝在瀑布所在之地，则玛丽亦必常到其地，故狄更斯联想及之。

⑤ 英国南部和东南沿海的悬崖峭壁，地质成分是白垩质，远看一片白，最著名的是七姊妹，七个白垩质悬崖罗列。英国古名 Albion（拉丁文意为"白"），也源于此。

⑥《旧约·创世记》第 1 章第 1 节到第 3 节说，起初上帝创造天地，宇宙是"空虚混沌，渊面黑暗，上帝在渊面行动。上帝说，要有光。于是就有了光"。同书第 6 章说，上帝降洪水，淹没全世界。

野蜂

[美国] 瓦尔特·惠特曼

五月是鸟儿结群、歌唱和交配的月份，是蜜蜂的月份，是紫丁香开花的月份(也是我出生的月份)。当我写下这一段文字的时候，我刚在日出之后进入了野外，往小河方向走去。阳光、馨香、旋律——蓝色的知更雀、草丛里的鸟群和鸫鸟在我四面八方啼鸣不已，好一片喧哗的天籁，那是从喉咙里唱出来的。近处啄木鸟的啄木声和远处雄鸡的啼鸣，是这片天籁的背景。新鲜的泥土的气息，色彩——远处柔和的浅褐与淡蓝，两天来温暖湿润的天气，给小草染上的新的翠绿。太阳在辽阔晴朗的天空升起，又开始了一天的旅程，多么宏伟壮丽的景象！和煦的阳光流溢着，它沐浴着万物，亲吻着我的面颊。阳光似乎有一点热了。

不久我便听到池塘里的蛙鸣，看到野茱萸的第一朵白花，随着是繁茂的数不尽的金色的蒲公英，一大片一大片铺满了四处的地面，还有白色的樱花和梨花。我蹒跚地走过林边，野生的紫罗兰抬起它蓝色的眼睛向我的脚点头致敬。苹果树新绽的花朵泛着玫瑰色的红晕。小麦地闪着碧玉般晶莹的绿光。暗绿色的裸麦。空气里弥漫着温暖的弹性。矮杉木缀满了褐色小巧的果实。夏天已经完全苏醒。一大群乌鸦哇哇地吵闹，落满枝头。我坐在它们附近，只听得一片震耳的喧哗。

大自然像部队一样排成阵势，在我面前走过。大千世界给了我数不尽的东西，现在还在给我。但是这两天给我最多的还是那些大个儿的蜜蜂，人们叫作“野蜂”的(孩子们叫它们“贱虫子”)。我从农舍往小河走过去(或者说是颠簸过去)，我从那一条甬道经过，那甬道两侧是古老的栅栏，栅栏上有很多裂口、缝隙、窟窿，那是嗡嗡飞鸣的毛茸茸的昆虫的最好的住处。成千上万的蜂正在栅栏上下四方飞舞碰撞。当我在路上慢慢走过时，蜂群结成了阵势，陪伴着我。在我清晨、正午和日落时的散步活动中，它们都扮演着最重要的角色，有时竟以我从来没有想到过的方式独占了我身边的风光。它们不是几十几百而是成千上万地飞满了甬道。大个儿的蜂，活跃、疾速，带着巨大的永远时起时伏的嗡嗡声(那声音有时竟能汇合成阵阵呼啸)和一种奇妙的冲击力量撞来撞去，迅速地闪动着，彼此追逐着。这小小的东西给了我一种鲜明的新的感受——力、美、生命和运动。它们是否正在交配期呢？否则，这么大的蜂群，这样的紧张和猛烈，又是什么意思？我总以为跟着我的是某一个固定的蜂群，但是仔细观察之后，才发现蜂群在不断迅速地更换着。

我坐在一株巨大的野樱下书写——偶然的云翳和阵阵的清风，调剂着这温暖的天气，使它凉爽可人。我在这儿坐了许久，蜂群的嗡嗡的音乐包围着我。数以百计的蜂在我的身边飞掠着、悬浮着、穿梭着——是些身穿浅黄色外衣的大个儿，胖乎乎的身子闪着光，粗短的脑袋，轻绡一样的翅膀——永远发出它们那宏大浑厚的嗡嗡的吟声(这是否能给我们一点启发？能否以这种嗡嗡声作为背景写出一首叫作蜜蜂交响乐之类的作品来？)。旷野、裸麦地、苹果园，这一切都以我十分渴望的方式滋养着我，令我陶醉。两天来的一切：阳光、微风、气温都那么好，真是尽善尽美。这两天我感到十分舒畅，我觉得身体好得多了，精神也宁静安详（然而一个纪念日快要到了，它曾给我的生命带来最沉重的损失和深切的哀悼[①]）。

又一次匆匆写下几句话。又一个完美的日子。上午七至九两个小时被包围在蜂阵和鸟群的音乐之中。在苹果树和附近的一棵杉树下面，有三四只背部褐色的画眉，每一只都在快板急腔地欢欣地歌唱。那声音之美妙，真是我从来没有听见过的。我听了两个小时，忘掉了一切，只朦胧地感到沉醉。我注意到几乎每一种鸟在一年中都有自己特殊的时期。有时不过几天——在那个时期里，它们歌唱得特别动听。现在正是这褐背画眉鸟歌唱得最欢畅的时期，也正是蜜蜂声音最动听的时期。它们在这甬道内外飞舞着嗡鸣着。我回家时，又是一大群蜜蜂跟往常一样前呼后拥陪伴着我。

两三个礼拜过去了。在我写下这一段文字时，我正坐在小溪旁的一棵百合树下。这树有七十五英尺高，正在成熟时期，朝气蓬勃，一片鲜亮的翠绿——多么迷人的形体。每一根枝条，每一片树叶，都是那么尽善尽美。数以千计的野蜜蜂在这树的上上下下飞翔，在花中寻觅甜蜜的花汁。蜂群宏大连绵的吟声形成了整个世界的基调，也形成了我此时此刻的心情的基调。最后，我愿从亨利·A·比尔斯的小诗集[②]中引用一首短诗来结束本文。

我躺在远处的长草丛里，
醉醺醺的蜂儿从我身边飞去。
蜜酿的美酒早已叫它癫狂，
它喝饱了忍冬花美味的糖浆；
喝成了好一个滚圆的大肚，
金色的腰带再也捆束不住。

玫瑰的蜜汁加甜豌豆的酒，
它灵魂里充满了圣乐悠悠。
温暖的夜里它喝了个通宵，
夜露沾湿了它细腿上的绒毛。
它演出了多少幕可笑的喜剧，
世界在睡眠和阴影里交替。
花朵的杯中有香甜的仙蜜，
它扑过去用焦渴的嘴唇吮吸。
光溜溜的花瓣却叫它滑倒，
乱纷纷的花蕊总叫它跌跤。
一跟头它跌进花粉的中心，
爬出来滚了身灿烂的黄金。

有一回那几条沉重的毛腿，
站不住了，只因为磕着个花蕾。
它跌进野草丛里躺着嘟哝，
柔和的男低音，可怜的野蜂！

（佚 名译）

作者简介

瓦尔特·惠特曼（1819—1892），美国诗人，著有《草叶集》。

《野蜂》是一篇饱含生命关爱同时又带着丝丝忧郁情思的散文。此文是惠特曼因中风在新泽西州隐居时所作，文章流淌出的是一种独特的对生命的理解和感动：生命是静与动的完美融合，生命在脆弱易失面前更显珍贵。

生命是静与动的张力，在“静”中沉思体悟，在“动”中张扬显现。在五月这样的生意盎然的季节，在恬逸的自然中尽享着生命的祥和之美，就像青山轻淌的玉溪，悠远流长，像一杯醇香的咖啡，回味无穷。作者用朴素清淡的文字勾勒出五颜六色、静闹相映的天然图画，在视觉—听觉—触觉三维知觉中描绘出自然的生机：“蓝色”的知更雀，“浅黄色”的胖嘟嘟的野蜂，“翠绿”的小草，“金色”的蒲公英，“白色”的樱花、梨花，“玫瑰色”的苹果树花，“暗绿色”的裸麦，“褐色”的果实……五彩缤纷的大自然尽情地展现出来，在温柔的视觉冲击之下似乎感到宁静中潜伏的无限活力。作者写自然的静谧之美却没有仅仅留在“静”的层面，而用以闹写静的手法，建构“蝉噪林逾静，鸟鸣山更幽”的意境：啄木鸟的“啄木声”，雄鸡的“啼鸣”声，池塘里的“哇鸣”声，乌鸦的“哇哇吵闹声”，野蜂们的“嗡嗡”吟声，倾听着奇妙的“交响乐”的演奏，作者似乎触摸到敏感的自然的肌肤，“温暖湿润”的天气，弥漫的是“温暖的弹性”，就像婴儿新生般的红润透明的小脸蛋细腻嫩滑。心灵与自然如此接近，竟听得到它的呼吸，抚摸到它的肌肤。

然而野蜂们的强烈的动感诠释着另一种自然的定义——力与运动之美。蜂儿们成群结队“结成阵势”，“成千上万”地飞着，带着“巨大的永远时起时伏的嗡嗡声”和“奇妙的冲击力量”，它们飞翔着寻觅甜蜜的花汁，用自己的声音与画眉比唱，凸现着自己存在的价值和信心。正是由于它们是一群野蜂，所以身上积淀着厚重的原始的生命力的冲动，没有任何的掩盖，去除了所有的虚伪，野蜂们原始的活力激活了病愈之后的作者的生命之火，重启了生命之门。在这里，老人体会到了人生的新境界。

值得深深回味的是文章潜聚的隐约的哀愁的情思，这种深沉的情怀加重了文章的感情厚度。作者经历了病重之后的痊愈，失去亲人的悲痛（“然而一个纪念日快要到了，它曾给我的生命带来最沉重的损失和深切的哀悼”），对于生命倍加珍爱，更将这种领悟融入静谧的自然和冲动的野蜂身上。

（夏 楠）

① 惠特曼的母亲于1883年5月23日逝世，这里指的就是这个日子。
② 指比尔斯的诗集《拾零》。

塞纳河岸的早晨

［法国］法朗士

在给景物披上无限温情的淡灰色的清晨，我喜欢从窗口眺望塞纳河和它的两岸。

我见过那不勒斯海湾的明净的蓝天，但我们巴黎的天空更加活跃、更加亲切、更加蕴蓄。它像人们的眼睛，懂得微笑、愤慨、悲伤和欢乐。此刻的阳光照耀着城内为生计忙碌的居民和牲畜。

对岸，圣尼古拉港的强者忙着从船上卸下牛角，而站在跳板上的搬运工轻快地传递着糖块，把货物装进船舱里。北岸，梧桐树下排列着出租马车和马匹，它们把头埋在饲料袋里，平静地咀嚼着燕麦；而车夫们站在酒店的柜台前喝酒，一面用眼角窥伺着可能出现的早起的顾客。

旧书商把他们的书箱安放在岸边的护墙上。这些善良的精神商人长年累月生活在露天里，任风儿吹拂他们的长衫。经过风雨、霜雪、烟雾和烈日的磨炼，他们变得好像大教堂的古老雕像。他们都是我的朋友。每当我从他们的书箱前走过，都能发现一两本我需要的书，一两本我在别处找不到的书。

一阵风刮起了街心的尘土，有叶翼的梧桐籽和从马嘴里漏下的干草末。别人对这飞扬的尘土可能毫无感触，可是它使我忆起了我在童年时代凝视过的同样的情景，使我这个老巴黎人的灵魂为之激动。我面前是何等宏伟的图景：状如顶针的凯旋门、光荣的塞纳河和河上的桥梁、蒂伊勒里宫的椴树、好像雕镂的珍品的文艺复兴时代的罗浮宫、最远处的夏约岗；右边新桥方向是令人肃然起敬的古老的巴黎，它的塔楼和高耸的尖屋顶。这一切就是我的生命，就是我自己。要是没有这些以我的思想的无数细微变化反映在我身上，激动我、赐我活力的东西，我也就不存在了。因此，我以无限的深情热爱巴黎。

然而，我厌倦了。我觉得生活在一座思想如此活跃、并且教会我思想和敦促我不断思想的城市里，人们是无法休息的。在这些不断撩拨我的好奇心、使它疲惫但又永远不能使它满足的书堆里，怎么能够不亢奋、激动呢？

（程依荣 译）

作者简介

阿纳托尔·法朗士（1844—1924），法国著名小说家、文学评论家，主要作品有《苔依丝》《企鹅岛》《诸神渴了》等。1921 年获诺贝尔文学奖。

法朗士的作品以对平凡事物的娓娓动听的描述见长。这篇短文，通过描写巴黎塞纳河岸的早晨，表现了他对巴黎的无限热爱。平淡的语言中包含着脉脉的温情，其中埋藏着炽烈的情感。现实中的景色是相同的，然而在不同的人眼中有不同的影像，这是因为景中有了情，情一旦赋予景景即不同。作者如此描写他心目中的巴黎："我们巴黎的天空更加活跃、更加亲切、更加蕴蓄。它像人们的眼睛，懂得微笑、愤慨、悲伤和欢乐。”然而，更重要的是“此刻的阳光照耀着城内为生计忙碌的居民和牲畜”。作者还写到“别人对这飞扬的尘土可能毫无感触，可是它使我忆起了我在童年时代凝视过的同样的情景，使我这个老巴黎人的灵魂为之激动”。巴黎的景色如此美妙，然而它最动人之处不是景色，而是对于作者的意义，使他的灵魂“为之激动”，因此，作者“以无限的深情热爱巴黎”。

对景色的描写由远及近，作者再将视线放至整个巴黎，形成一种总体上的描写。许多小细节描写得真切自然，第二段中的“我们”表现出作者对巴黎的热爱，原因是：“我们”表现了一种归属，带有一种自有的、自私的情感。“一阵风刮起了街心的尘土，有叶翼的梧桐籽和从马嘴里漏下的干草末。”这自然地结束了地面上的描述，视线发生转变。整个景色描写像是先以一个镜头从远处拉至身边，再以一个远镜头捕捉巴黎宏伟的图景，这反反复复的注视凝聚着作者深刻的情感，渗透进每个读者的心中。

文末提到“然而，我厌倦了”，这并非真正的厌倦，作者带着一种儿童似的顽皮在炫耀巴黎的美妙，这是另外一种方式的赞美。最终，法朗士用反问句结束了自己对巴黎的热爱。

（孔　硕）

夏日芳草

[英国]理查·杰弗理

我踏着芳馥的浅草向上走去。而随着每一步的攀登，我的心境的感受范围似乎也更加宽阔；随着每一口清醇气息的吸入，一个更加深沉的渴望正在不觉萌生。甚至连这里太阳的光线也更加炽烈而妍丽。待到我登上山顶，我早已把我的卑微处境与生活苦恼忘个干净。我感到我自己已经一切正常。山顶有堑壕一道，行至其地，我沿沟缓缓而行，稍事歇息。沟的西南边上，一处坡面坍陷，形成裂口。这里下临一带广阔沃野，其中盛植小麦，景色颇佳，周围青山环抱，宛如一古罗马圆形剧场。山间有通路隘口之类一道，折向山南，天际远处则为白云锁闭，不可复见。各处村屯农舍多为林木荫蔽，故此地堪称绝幽。

我这里的确幽静异常，唯与阳光与大地为伍。我躺在草上，开始从灵魂深处与大地、阳光、空气以及那渺不可见的远海慢慢絮语。我想到大地的坚实——我甚至觉得它将我载负而起；并从身下如茵的绿榻那里传来一种异样的感觉，仿佛大地正在和我交语。我想到那流荡的空气——以及它的纯净，这正是它的美的所在：它抚摸着我，并把它自身的一部分也给了我。我又与大海谈话；——虽然它离我很远，在我的想象之中我仍然看到了它缘岸近处的苍翠与远洋深处的蔚蓝；——我渴望获得它的力量、秘密与光荣。然后我又与太阳对语，渴望从它的辉煌与灿烂中，从它的坚忍不拔与不知疲倦的驰驱中，找到那和灵魂相仿佛的东西。我抬起头来仰对着顶上的蓝天，凝视着它的深邃，吸吮着它的绝妙的色泽和芳馥。天上的那些采撷不到的花朵里的浓郁蔚蓝把我的灵魂也吸引了去，使它在那里得到安息；因为纯净的色调能给灵魂带来静谧，凭着这一切我祈祷了：我的灵魂体验到了一种完全不可言诠的感情；相形之下，祈祷反而显得微不足道，至于语言更是这种感情的一个粗糙的标记，只可惜我除此再没有别的办法了。凭着碧蓝的天空，凭着那光透幽径的滚滚炎阳，一个新的缥缈的"以太"海洋正在一天天地展开在我的面前。凭着那环抱宇宙周流八垠的爽气清氛；凭着那喧豗在岸边的大海——近处雪浪翻舞的碧海与远洋的深海；凭着载负着我的坚实大地；再凭着芳馥的茴香，它们的小花我常抚摸；凭着芊芊芳草；凭着那经手一搓便顺指滑落的粉松白垩，我祈祷了。我搓搓土块、草叶与茴香，吸吸周流寰宇的澄鲜空气，想想大海与苍天，伸伸手臂来让阳光爱抚一番，并俯首在草上以示虔敬——我正是这样来祈祷的，这时我衷心盼望这样或许能接触到那个更较上帝为高的不可言说的世界。

尽管使我心神激越的许多感情那么浓烈，尽管我与大地、阳光、天空、星斗与海洋的一番歆合那么亲切——这种感情动人心魄的深切是任你怎么来写也写不出的。我正是凭着这些来祈祷的，仿佛它们竟是一些乐器、一些键盘，通过它们而把我灵魂中的乐调嘹亮奏出，它们增大了我歌声的音量。那光华耀目的伟大太阳，茁壮而亲切的大地，和暖的晴空与澄鲜的空气，以及对大海的思慕——这一切无可言喻的美简直给我带来一种至乐与狂喜，一种飘飘然的感觉……

夏天的时候我常到田野里去。背靠着橡树庞大的躯干，这时身后粗糙的树皮与地衣隐隐可觉；我便在往下面绿色田野（靠近山坡林木处几作橙黄色）俯视的同时，开始思索我要进一步追求的灵魂生活。或者，坐卧在翠绿的冷杉之下昂首张望，看到天顶处的颜色更加湛蓝；这里羊齿遍地，野鸽咕咕，林木动处，槐树上的茸茸新叶清晰可辨。不论在躯干修直饱满的榆木荫下，还是在山楂矮林与榛树之旁，我自己都充满着一种追逐灵魂本性的深刻渴求；希望从这一切绿色事物和从阳光之中获致那种连它们自己也完全懵懂的内在意义——以便我自己也能盛满光泽，恍如阳光下的林木那样。甚至连过路时稍稍摸摸树上长满地衣的皱皮和触触伸向路边的一个枝梢，也都仿佛具有代我自身祈祷的效验。

漫长的夏日天气把草地晒得暖洋洋的。我总是偃卧在比较偏僻的角落，全身躺直，以接受大地的爱抚。这里丰草高高过身，婆娑的树影戏舞在我的面颊之上。我时而眯缝着眼望望天空，禁不住那晃眼的阳光。蜜蜂常常从我头上嗡嗡而过，有时也飞过一只蝴蝶，空中则是一片盈盈，翠绿的鷽鸟在篱边歌唱。当我这样逐渐进入到夏日的炽烈的生活之后——一种在我的周围熊熊燃烧着的生活，这时每片草叶仿佛都是一把火炬——我终于对大地自远古以来的全部漫长生活开始有所体会，而这时太阳正把我照得暖暄暄的。在远哉迢迢的古昔，南国沙碛上的西索斯托里斯[1]便已对他自己与太阳有所认识……我的灵魂渴望能汲取到那曾经流贯于过去时代的灵魂生活，正像阳光曾经不绝地倾注在大地之上那样。另外，正如流沙能够吸收热量，同样我也能获致那种灵魂的精力。虽然表面如梦一般，我却尽情地吮吸着生命的气息；我对草叶、野花、山楂与树上的绿叶并未忘怀。我似乎恰恰是通过它们来生活，仿佛它们一个个尽是我吸吮汁液的孔道。这时蚱蜢，正在鸣叫跳跃，绿鷽在歌唱，画眉在欢快鸣啭，整个空中生意盎然。此时，我也被深深地投进生命之中，并与那全部生命一道祈祷着。

（高 健 译）

作者简介

理查·杰弗理（1848—1887），英国小说家、散文家，著有《绿色的费尔农场》《我内心的故事》《清新的早晨》等。

这是理查·杰弗理的一篇带有浓厚天地神人融合思想的美文，选自他的自传性随笔集《心史》。《夏日芳草》以留恋自然、关注灵魂为基调，文中情感真挚、纯洁、朴素，引导读者于心灵自由的时空之中畅游人生。

自然在杰弗理的心中已非单纯的自然，而是充满了生命的自然，是灵魂的天使，引领世人摆脱苦恼进入天堂。炙黄的大地，温红的太阳，纯白的空气，嫩绿的草坪，枯棕的树皮，蔚蓝的天空，就连不在眼前却想象出的苍翠的大海，都在作者心中占有神圣的地位，它们色彩斑斓，性格各异，构成了这片天地的神人畅游的桃源空间，这里没有世俗的困扰，没有人生的苦闷，只有自然的无限生命力的感召和净化，大地赐人以“坚定”，空气赐人以“纯净”，太阳赐人以“坚忍”，草地赐人以“追求”，天空赐人以“深邃”，大海赐人以“力量”与“光荣”……而“伸向路边的枝梢”像出墙的红杏一样生机勃勃，像一只天使之手轻轻抚摸世人脆弱的心。

在这片自然的空间里，作者用心真诚感悟构建的心灵的自然空间，像一座天堂，希冀在其中获得精神的重生。作者没有停留在空间层面上，又开拓了时间的桃源，人的灵魂在享受着自然的抚慰的时候，还沐浴着历史沧桑的沉淀，“远哉迢迢的古昔”和“西索斯托里斯”浇灌着复活的灵魂，在空间和时间的双向纬度中建构的心灵时空，人从异化的城市——心灵监狱中逃离出来，为自己的精神开辟了新的家园，一片田园牧歌，一种天地神人的“狂欢”。而在这种时间—空间的二重建构中，是“自然”在发生着中介作用，即自然沟通了时空的交融，融成了“历史的天空”，是草地的爱抚使作者透过天空和太阳的对话而连接了时间的历史，打通了时空的界限，使精神不仅停留在自然的天空，而且达到了“历史的天空”更高的境界。

作者在这片心灵的时空桃源里，忘怀了生活中的“卑微处境”与“生活苦恼”，探求到了灵魂的解脱，在这天地神人交融的一瞬，他虔诚地祈祷，执着地追求，达到了至善至真的人生境界，表达着潜在的由心中的平静强烈的喜悦和超脱升华的静谧。一切都是那么的平静自然，就像暖暖的夏日温柔地晒着青草大地，就像憨香的小憩一样。我们不能忽略作者心中不灭的诚挚、永恒的追求和关爱自然的情怀，只有拥有了这份情怀，自然才能成为生命的自然，才能沟通到“历史的天空”，释怀心中的困扰和忧郁，返回到平静纯洁的境地，获取神圣的力量，奋争人生。

文章以对自然的神圣的敬畏和纯洁人生灵魂的追求，激起读者对于自然的关注和人生的反省，使我们捕捉到一条通达自然和灵魂的小径，然而从文章中我们可以窥探到作者心中的一些消极避世的思想，他企图通过自然的解脱消除人的苦恼，逃离社会现实独善其身，空守着那片精神家园，得到的只能是暂时的解脱，殊不知真正的人生是奋争的人生，是入世而其乐融融的人生。

（夏 楠）

① 传说中之埃及法老，曾领军远征至印度。

贝多芬百年祭

［英国］萧伯纳

一百年前，一位虽还听得见雷声但已聋得听不见大型交响乐队演奏自己乐曲的五十七岁的倔强的单身老人，最后一次举拳向着咆哮的天空，然后逝去了，还是和他生前一直那样，唐突神灵，蔑视天地。他是反抗性的化身，甚至在街上遇上一位大公和他的随从时也总不免把帽子向下按得紧紧的，然后从他们正中间大踏步直穿而过。他有一架不听话的蒸气轧路机的风度（大多数轧路机还恭顺地听使唤和不那么调皮呢）；他穿衣服之不讲究尤甚于田间的稻草人：事实上有一次他竟被当作流浪汉给抓了起来，因为警察不相信穿得这样破烂的人竟会是一位大作曲家，更不相信这副躯体能容下纯音响世界最奔腾澎湃的灵魂。他的灵魂是伟大的；但是如果我使用了最伟大的字眼，那就是说比汉德尔[1]的灵魂还要伟大，贝多芬自己就会责怪我；而且谁又能自负灵魂比巴哈[2]的还伟大呢？但是说贝多芬的灵魂是最奔腾澎湃的，那可没有一点问题。他的狂风怒涛一般的力量他自己很容易控制住，却常常不愿去控制，这和他狂呼大笑的滑稽诙谐都是别的作曲家作品里找不到的。毛头小伙子们现在一提起切分音好像就是一种使音乐节奏成为最强而有力的新方法，但是在听过贝多芬的第三里昂诺拉前奏曲之后，最狂热的爵士乐听起来也像“少女的祈祷”那样温和了，可以肯定地说，我听过的任何黑人的集体狂欢都不会像贝多芬的第七交响乐最后的乐章那样可以引起最黑最黑的舞蹈家拼了命地跳下去，而也没有另外哪一个作曲家可以先以他的乐曲的阴柔之美使得听众完全融化在缠绵悱恻的境界里，而后突然以铜号的猛烈声音吹向他们，带着嘲讽似的，使他们觉得自己真傻。除了贝多芬，谁也管不住贝多芬；当疯劲上来之后，他总有意不去管住自己，于是也就成为管不住的了。

这样奔腾澎湃，这种有意的散乱无章，这种嘲讽，这样无顾忌的骄纵的不理睬传统的风尚——这些就是使得贝多芬不同于十七和十八世纪谨守法度的其他音乐天才的地方。他是造成法国大革命的精神风暴中的一个巨浪。他不认任何人为师，他同行里的先辈莫扎特从小起就是梳洗干净，穿着华丽，在王公贵族面前举止大方的。莫扎特小时候曾为了彭巴杜夫人[③]发脾气说，“这个女人是谁，也不来亲亲我，连皇后都亲我呢”，这种事在贝多芬是不可想象的，因为甚至在他已老到像一头苍熊时，他仍然是一只未经驯服的熊崽子。莫扎特天性文雅，与当时的传统和社会很合拍，但也有灵魂的孤独。莫扎特和格鲁克[④]之文雅就犹如路易十四宫廷之文雅。海顿[⑤]之文雅就犹如与他同时的最有教养的乡绅之文雅。和他们比起来，贝多芬从社会地位上说就是个不羁的艺术家，一个不穿紧腿裤的激进共和主义者。海顿从不知道什么是嫉妒，曾称呼比他年轻的莫扎特是有史以来最伟大的作曲家，可他就是吃不消贝多芬。莫扎特是更有远见的，他听了贝多芬的演奏后说，“有一天他是要出名的”，但是即使莫扎特活得长些，这两个人恐也难以相处下去。贝多芬对莫扎特有一种出于道德原因的恐怖。莫扎特在他的音乐中给贵族中的浪子唐璜[⑥]加上了一圈迷人的圣光，然后像一个天生的戏剧家那样运用道德的灵活性又回过来给莎拉斯特罗[⑦]加上神人的光辉，给他口中的歌词谱上前所未有的、就是出自上帝口中都不会显得不相称的乐调。

贝多芬不是戏剧家；赋予道德以灵活性对他来说就是一种可恶的玩世不恭。他仍然认为莫扎特是大师中的大师（这不是一顶空洞的帽子，它的的确确就是说莫扎特是个为作曲家们欣赏的作曲家，而远不是流行作曲家）；可是莫扎特是穿紧腿裤的宫廷侍从，而贝多芬却是个穿散腿裤的激进共和主义者；同样的，海顿也是穿传统制服的侍从。在贝多芬和他们之间隔着一场法国大革命，划分开了十八世纪和十九世纪。对贝多芬来说，莫扎特不如海顿，因为他把道德当儿戏，用迷人的音乐把罪恶谱成德行般奇妙。如同每一个真正激进共和主义者都具有的，贝多芬身上的清教徒性格使他反对莫扎特，固然，莫扎特曾向他启示了十九世纪音乐的各种创新的可能。由贝多芬上溯到汉德尔，一位和贝多芬同样倔强的老单身汉，把他当作英雄。汉德尔瞧不上莫扎特崇拜的英雄格鲁克，虽然在汉德尔的《弥赛亚》[8]里的田园乐是极为接近格鲁克在他的歌剧《奥非阿》里那些向我们展示出天堂的原野的各个场面的。

因为有了无线电广播，成百万对音乐接触不多的人在他百年祭的今年将第一次听到贝多芬的音乐。充满着照例不加选择地加在大音乐家身上的颂扬话的成百篇的纪念文章将使人们抱有通常少有的期望。像贝多芬同时的人一样，虽然他们可以懂得格鲁克、海顿和莫扎特，但从贝多芬那里得到的不但是一种使他们困惑不解的意想不到的音乐，而且有时候简直听不出是音乐的由管弦乐器发出来的杂乱音响。要解释这也不难。十八世纪的音乐都是舞蹈音乐。舞蹈是由动作起来令人愉快的步子组成的对称样式；舞蹈音乐是不跳舞听起来也令人愉快的由声音组成的对称的样式。这些乐式虽然起初不过像棋盘那样简单，但被展开了，复杂化了，用和声丰富起来了，最后变得类似波斯地毯；而设计像波斯地毯那种乐式的作曲家也就不再期望人们跟着这种音乐跳舞了。要有神巫打旋子的本领，才能跟着莫扎特的交响乐跳舞。有一回，我还真请了两位训练有素的青年舞蹈家跟着莫扎特的一阕前奏曲跳了一次，结果差点没把他们累垮。就是音乐上原来使用的有关舞蹈的名词也慢慢地不用了，人们不再使用包括萨拉班德舞、巴万宫廷舞、加伏特舞和快步舞等等在内的组曲形式，而把自己的音乐创作表现为奏鸣曲和交响乐，里面所包含的各部分也干脆叫作乐章，每一章都用意大利文记上速度，如快板、柔板、谐谑曲板、急板等等。但在任何时候，从巴哈的序曲到莫扎特的《天神交响乐》，音乐总呈现出一种对称的音响样式给我们以一种舞蹈的乐趣来作为乐曲的形式和基础。

可是音乐的作用并不止于创造悦耳的乐式。它还能表达感情。你能去津津有味地欣赏一张波斯地毯或者听一曲巴哈的序曲，但乐趣只止于此；可是你听了《唐璜》前奏曲之后却不可能不发生一种复杂的心情，它使你心理有准备去面对将淹没那种精致但又是魔鬼式的欢乐的一场可怖的末日悲剧。听莫扎特的《天神交响乐》最后一章时，你会觉得那和贝多芬的第七交响乐的最后乐章一样，都是狂欢的音乐；它用响亮的鼓声奏出如醉如狂的旋律，又从头到尾交织着一开始就有的具有一种不寻常的悲伤之美的乐调，因之更加沁人心脾。莫扎特的这一乐章自始至终是乐式设计的杰作。

但是贝多芬所做到的一点，也使得某些与他同时的伟人不得不把他当作一个疯人。他有时清醒，就出些洋相或者显示出不高的格调，在于他把音乐完全作为表现心情的手段，并且完全不把设计乐式本身作为目的。不错，他一生非常保守地（顺便说一句，这也是激进共和主义者的特点）使用着旧的乐式；但是他加给它们以惊人的活力和激情，包括产生于思想高度的那种最高的激情，使得产生于感觉的激情显得仅仅是感官上的享受，于是他不仅打乱了旧乐式的对称，而且常常使人听不出在感情的风暴之下竟还有什么样式存在着了。他的《英雄交响乐》一开始使用了一个乐式（这是从莫扎特幼年时一个前奏曲里借来的），跟着又用了另外几个很漂亮的乐式；这些乐式被赋予了巨大的内在力量，所以到了乐章的中段，这些乐式就全被不客气地打散了；于是，从只追求乐式的音乐家看来，贝多芬是发了疯了，他抛出了同时使用音阶上所有单音的可怖的和弦。他这么做，只是因为他觉得非如此不可，而且还要求你也觉得非如此不可呢。

以上就是贝多芬之谜的全部。他有能力设计最好的乐式；他能写出使你终身享受不尽的美丽的乐曲；他能挑出那些最枯燥无味的旋律，把它展开得那样引人；使你听上一百次每回也都能发现新东西；一句话，你可以拿所有用来形容以乐式见长的作曲家的话来形容他；但是他的病征，也就是不同于别人之处在于他那激动人的品质，他能使我们激动，并把他那奔放的感情笼罩着我们。 当贝里奥兹⑨听到一位法国作曲家因为贝多芬的音乐使他听了很不舒服而说“我爱听能使我入睡的音乐”时，他非常生气。贝多芬的音乐是使你清醒的音乐；而当你想独自静一会儿的时候，你就怕听他的音乐。

懂了这个，你就从十八世纪前进了一步，也从旧式的跳舞乐队前进了一步（爵士乐，附带说一句，就是贝多芬化了的老式跳舞乐队），不但能懂得贝多芬的音乐，而且也能懂得贝多芬以后的最有深度的音乐了。

（周珏良 译）

作者简介

萧伯纳（1856—1950），英国戏剧作家，1925年获诺贝尔文学奖，著有《鳏夫的房产》《华伦夫人的职业》《苹果车》等。

本文是英国一代文学大家萧伯纳为纪念站在德国古典音乐顶峰的艺

术大师贝多芬而撰写的一篇音乐评论。文章知人论世，写得有见地，有深度，又不乏情感，着实为难得之佳作。

萧伯纳以剧作家著称，同时又具备极高的艺术修养，也是卓越的音乐和绘画评论家。《贝多芬百年祭》一文对贝多芬的创作作了鞭辟入里的分析和十分中肯的评价。他抓住了贝多芬灵魂的精髓，把贝多芬精神中包蕴及其作品中表现出的“反抗性”作为贯穿全文的一条“红线”，字里行间洋溢着一种令人感动和振奋的激情。

萧伯纳没有介绍贝多芬坎坷的一生，而是从两个典型的场景着眼：一是写他临终时依然敢于“唐突神灵，蔑视天地”，在暴风雨的一声响雷中，他“最后一次举拳向着咆哮的天空”；一是写他生时傲视王公贵族，路遇一位大公时，他“总不免把帽子向下按得紧紧的，然后从他们正中间大踏步直穿而过”。透过这两个场景，一个“反抗的化身”卓然于目。接着，作家从贝多芬的衣着风度，从他和前辈作曲家的异同，他的音乐表现出的“狂风怒涛一般的力量”，多方面地表现了他那“奔腾澎湃的灵魂”。

萧伯纳把贝多芬这个“反抗的化身”和莫扎特、海顿作了从思想到创作上的比较。相对于莫扎特的清丽优雅，海顿的质朴清新来说，贝多芬就是“一只未经驯服的熊崽子”，“一个不羁的艺术家”。萧伯纳十分形象地把莫扎特称作“穿紧腿裤的宫廷侍从”，把海顿称作“穿传统制服的侍从”，而贝多芬则是“穿散腿裤的激进共和主义者”。贝多芬不仅是命运的反抗者，受到法国大革命影响的他同时也是“造成法国大革命的精神风暴中的一个巨浪”。萧伯纳精辟地指出：贝多芬和莫扎特、海顿之间隔着一场法国大革命，划分开了18世纪和19世纪，而这种思想深处的差异，正是贝多芬之为贝多芬之处！他的音乐作品不同于18世纪的舞蹈音乐，他的音乐用作了表现心情的手段，并且完全不把设计乐式本身作为目的。因此，萧伯纳说：“从贝多芬那里得到的不但是一处使他们困惑不解的意想不到的音乐，而且有时候简直听不出是音乐的由管弦乐器发出来的杂乱音响。”贝多芬“不同于别人之处正在于他那激动人心的品质”，这“就是贝多芬之谜的全部”。

倾听过贝多芬音乐的人们或许都会感觉到那种在善与恶，光明与黑暗的斗争中迸发出的激情。它悲愤激昂而又生机勃勃，所以，萧伯纳说：“贝多芬的音乐是使你清醒的音乐；而当你想独自静一会儿的时候，你就怕听他的音乐。”

《贝多芬百年祭》不涉及贝多芬坎坷的一生，只侧重分析他的性格和他作品的特色，我们从中感受到了艺术家伟大的激情澎湃的灵魂，他始终没有向命运低头，用狂风激电般的音乐“扼住了命运的咽喉”，驰骋于艺术的圣殿；他那永不屈服的意志和火一样的激情孕育出勃勃的生命力和永不泯灭的光芒。那个永不屈服，永远战斗的“反抗的化身”让人感动、深思、前进……

（吕菲菲）

① 德国出生的英国作曲家（1685—1759）。
② 德国作曲家（1685—1750）。
③ 法国国王路易十五的情妇（1721—1764）。
④ 奥地利作曲家（1714—1787）。
⑤ 奥地利作曲家（1732—1809）。
⑥ 唐璜的传说在17世纪前已流行于欧洲，在那以后他成为许多音乐、文学作品中的主人公。
⑦ 莫扎特的歌剧《魔笛》中的一个代表真理和光明的人物。
⑧ 汉德尔谱写的宗教歌咏大曲。
⑨ 法国作曲家（1803—1869）。

威尼斯之死

[法国] 巴莱斯

人们假如总是一一观察威尼斯的完美，那么，对它在好沉思的人心目中产生的影响究竟奥秘何在，就不能有很深的体会。我们须乘上小船，离开海滨地带，一览威尼斯的全貌，才能弄清事物的哲理。到泻湖上，我们就能了解，如果没有任何明显的外来干预违逆它的命运，若不是裹尸的布带阻住它不断朝着彻底陨灭挣扎推移，这座曾由总督治理的城市将走到怎样的绝境。

乘坐几小时的贡多拉小舟，让我们先游览一下砾石坝，在这里久驻不去的死寂和阴风，预言威尼斯文明将怎样泯灭。圣米歇尔、穆拉诺、玛佐尔博、布拉诺、托切洛和荒漠的圣弗朗索瓦，凄迷的天际散落着几个小岛。古时的人曾好几次尝试建造威尼斯，最后终于建成如今我们钟爱的这一个；可是，这个杰作就像现在的模型一样将要解体，当初他们就是从中探索这个杰作的。

二十分钟后，便到达这次我们瞻拜的第一站，圣米歇尔这个死亡之岛……

让我们跨过游览的威严门槛，再往前去寻找更阴郁、更罕见的景象。

我们的贡多拉小舟从圣米歇尔斜着驶向邻近的穆拉诺。来到这里的外国人都去参观玻璃制品工场；诗人们则怀念花园的情趣，在威尼斯共和国征服帕多瓦、大贵族们居住在布伦塔河沿岸之前，这里的花园曾闻名整个欧洲。东方的奇葩异草在夜色中格外芳香，微波摇荡着停泊在岸边的贡多拉小舟；这时，浪荡风流子弟、行踪谨慎的恋人、政界的有名人物，都戴着假面具在花丛中流连忘返。但是，如今深幽的小巷和阴郁的水道，这瓦解中的五个世纪的艺术，着实令人厌倦；因此情意缠绵、忧伤痛苦和年虽半老、犹尚多情的情侣们，再不愿在这里逗留。我们的小船从辉煌优美的阿拉伯式、伦巴第式和哥特式府邸前掠过，浪花的水珠纷纷落在断裂的石阶上；两岸府邸的正面把底层的长廊、第一层的凉廊、雅致的镂空石窗和彩色大理石连成一片，绵延不断；然而，那些年久失修的华丽建筑为什么又要用木板、砖石，龌龊寒酸的粗糙材料支撑呢？这些被精明的豪商富贾们舍弃的宅第，原来都是他们建造的，看来一定不能堂堂皇皇地终结自己的命运。由于产业发展的挤占，这些建筑变得黯然失色，过去还是感人的历史纪念，如今已成为难登大雅的陋屋。死亡的血污遮盖了这些昔日的豪华住宅，但这并没有使它们安谧宁静，湮没无闻。我们的向导指着那些陋室说："这里曾是年轻的贵妇和艺术家们弹琴奏乐，吟诗对句和谈情说爱的场所。"这里的垂危之势比圣米歇尔岛上的坟场更为悲怆凄苦。但愿面对威尼斯的这面镜子，反映的不是实际！让我们再往前走，去寻找，有无数前例曾作过许诺，美好的东西即使消亡也无瑕玷。几个小岛在泻湖的尽头漂浮，据说那里的稀世瑰宝都沉入了死亡的深渊……

我们的贡多拉小舟在无尽的寂静中行驶了一刻钟，随后触到岸边的泥沙，我们踏上一条小径，沿着干涸的渠道，两旁的葡萄、石榴、无花果错杂交织，最后走到托切洛唯一的广场，在那里看到圣母升天塔大教堂、圣福斯卡教堂和洗礼堂。

大教堂是一座古罗马长方形大会堂式的教堂。八角形的洗礼堂和圣福斯卡小礼拜堂则属于典雅的拜占庭体系，这种风格的建筑没有纵向的延伸，凸显的主要是中心的穹顶。尽管这个小广场没有合乎我们趣味的美妙之处，但那古老的风格特色至少也能激起我们的怀古幽情。托切洛的瑰异珍宝与威尼斯的相比毫无逊色，但都被禁锢在像拉韦纳一样强有力的死亡之中。

一个戴着长长的面纱的女人急促走来给我们开了门，一股凄惨的冷风吹到三座坟墓上。她仿佛很匆忙，又回去守护死尸。我们走进圣母大教堂，一股潮湿和经年累月的霉味使我们喘不出气来；沉重的大门发出的响声挡住了空气和阳光，仿佛一块石板落到地牢上。大教堂里面的镶嵌画真是丰富多彩，使人目不暇接！在那上面我几乎看到一整套教理信条和诗情画意；听到不可思议的公元一千年时的声音，因为这种艺术既是装饰，同时也在解说，它就是象形文字。我不会辨读这难认的字体，即使我懂得那些文字，我怎能理解其中的精神呢？不过，我很欣赏那十七个从眼睛上穿起来连成一串的骷髅，跟这十七个死人头骨对称的是十七个栩栩如生的佩戴着耳环的头。这真是精美别致的装饰品！这一串骷髅和一串活着的人的头比巴塞尔墓地墙上的滑稽舞蹈更令我信服……

我知道这一天就要结束，这时血色滔滔滚滚，与泻湖混成一片。阳光褪尽时，它是否只想在它后面留下这美丽的被害者的遗骸呢？大蜘蛛不停地结网，把岸上纤弱的小灌木连缀起来。螃蟹的身子爬出水面。这是最沸腾躁动的时刻；可是要到达威尼斯，我还要乘贡多拉小舟走好长时间。

在这片被慑服的海上，圣弗朗西斯科小岛周围的水面比任何一处都更加死气沉沉。我们在狭窄的航道中蜿蜒向前，穿过布满腐草的半淹没的陆地，有些大鸟不时从这里飞起。在我们近旁，为引起船夫注意竖立起的标杆，仿佛像一幅精美的绘画上的轮廓线，用来指引还不熟练的临摹者。在我们右面，威尼斯与海面平齐，它延伸出去，随着阳光消失，形成一大片沙滩。神奇诡谲的颜色交相辉映，使想象力最贫乏的心灵也要为之动情。一时间，是一片深暗的色调，暗绿色正是威尼斯深幽小巷的本色；一时间又是日本装饰画家惯用的黄色、橙色、蓝色。在西边，水天一色，天光与激荡的海水汇成一体；我们头上，云蒸霞蔚，变化万千；霞光穿透云层，把云雾映得一片火红。天空柔和与强烈的色彩反射到泻湖上，使我们如同腾云驾雾一般。云层遮住我们，拖带着我们，用全部的、我可以说是触摸得到的光辉，包围着我们。我们被这强烈的魔力攫住了，恍惚间已难辨虚实；这时，有些浓重的斑痕在水面上显现出来，并且逐渐变大，随后便把我们拖进它的暗影里。这是昔日总督们的府第。

（蔡鸿滨 译）

作者简介

巴莱斯（1862—1923），法国小说家、政论家。代表作《自我崇拜》三部曲、《灵异的山丘》等。

巴莱斯的文章音调铿锵，朗朗上口，有很强的感染力。《威尼斯之死》就是这样一篇散文。文中作者乘坐贡多拉小舟，离开海滨地带，游荡于泻湖之上，通过对砾石坝、圣米歇尔、穆拉诺、扎切洛几个地方的游览探访，感叹文明的湮灭和生命的无常。全篇以阴郁为基调，中间弥漫着一种强烈的死亡意识和悲剧情怀。文中不时出现的“死寂”“阴风”“深幽”“凄惨”等字眼更强化了作者对人类文明和生命在时间、自然面前软弱无力的无限感叹。

人类的智慧使他们构建了像威尼斯这样巧夺天工的杰作，并使它努力延续自己的生命，“阻住它不断朝着彻底陨灭挣扎推移”。然而可悲的是，这样的杰作“就像现在的模型一样”必将走向解体的绝境。就像附近的圣米歇尔、穆拉诺、扎切洛那些地方一样，从欣欣向荣走向死气沉沉，这是它们无法逆转的命运。

人们一一观察威尼斯，惊叹于它的完美，然而当人们离开海滨地带，一览其全貌之后，会有什么样的感觉呢？作者说“一串骷髅和一串活着的人的头比巴塞尔墓地墙上的滑稽舞蹈更令我信服”。这时人们就会震撼于生与死、繁华与毁灭是如此之接近。这样，面对自己的杰作，人类只能唏嘘不已。

“吴宫花草埋幽径，晋代衣冠成古丘。”昔日名门已化作荒冢一堆，奇葩异草已零落成泥，抚今追昔，顿感繁华的无常。当年穆拉诺的花园闻名欧洲，社会名流出入其中，流连忘返，如今，“深幽的小巷和阴郁的水道”已经令人生厌，“死亡的血污遮盖了这些昔日的豪华住宅”；神圣的圣母大教堂早已远离了空气和阳光，弥漫着凄惨的冷风和潮湿的霉味。文明的遗迹，总会激发人们思古的幽情，但更让人想到的是现代文明的最终归宿。面对这样的归宿，人们已没有人定胜天的豪情，只有世事无常的喟叹，当然，人类一直都在做着改变宿命的努力，把那些年久失修的华丽建筑，用“木板、砖石，龌龊寒酸的粗糙材料支撑”，但这一切又是何等的不堪一击，亭台楼阁注定灰飞烟灭，稀世珍宝注定要沉入死亡的深渊。

庞贝古城消失了，消失得突然而干脆，以致沉寂千年而无人知晓，千年后，人类才从一些残存的遗迹中，验证了它昔日的存在和曾经的繁华。城池消失了，消失了人类的文明成果，也消失了人类的肉体生命。威尼斯之死，是文明之死，更是生命之死。最后一段是作者对人类脆弱生命的感喟。“我们在狭窄的航道中”，在死气沉沉的水面上蜿蜒前行，天空中，“云层遮住我们，拖带着我们”，“我们被这强烈的魔力攫住了，恍惚间已难辨虚实”。我们的生命不是被个人主宰掌握，而是被自然和某种魔力“拖进它的暗影”，拖进昔日总督们的府第，这是人生命的归宿。面对这样的归宿，人是多么的软弱无力。

题为《威尼斯之死》，然其悲切深广的感怀不限于威尼斯，威尼斯之死是人类文明之死，更是人类生命之死，作者用抑郁婉转的笔调抒发了对死亡的无尽咏叹。

（孙 杰）

风车

[英国] 爱·凡·卢卡斯

偶然的机会曾使我不久之前一度成了一座风车的住客。不过不是真住进去，而且说来可惜，也不是进里面去磨什么东西，而只是随兴之所至，进里面去转转，从它顶窗的高处，望望港口的舰船，或者俯视一下周围的羊群与绿野。这座风车高大而洁白——而且白得那么厉害，所以每逢雷雨云绕行到它的背后时，整个风车简直光晶得如铝制一般。

从风车的几个窗口，你还可以望见另外四座风车，而这些，和它一样，也都在闲着；其中一个已破损不堪，另一个也只剩下两个翅膀。但就在过了下一道山冈，远得看不见了的东北方向，便有一座风车在那里欢快地转动着，另外西北面四五里处，也有一个风车甚形活跃；所以这里的情形还不像全国其他地方那么糟糕，那里的阵阵好风完全平白给浪费掉了……

一想起英国由于蒸汽机及其创制者的一番心裁所带给她的种种损失，人们总不免要把风车的衰退列为其中的第一桩。也许单以景观的妍丽而论，英国所遭遇的最大严重事件便是镀锌铁屋顶的发明；不过，毕竟红色屋顶①也不能说没有它的某种安详富丽与舒适之美，但是飞转着的风车就不仅好看而且浪漫：一种受制于自然、但甘心为人服役的驯顺家伙，一个飞舞旋转的怪物，一件往往令人生怖的东西。谁如果在天风稍盛的时候多少靠近一座风车的轰鸣的翅膀，都不能不心头骤然紧张起来——那感觉恰与人们在暴风雨中望见大水漫壁时的情景相同。而这时居于风车之内最能理解声音的来源；这里便是声音的洞穴。当然有些孔窍中所发出的声响地崩山摧，具有更大的震撼威力，但风车之声则大体是自然音籁，为木物与西南风相搏击所产生；它只是盛满人耳而无威逼之感。再说，这种效果绝不因为风的不在或磨场主及其用人的淡漠而有所减弱，这些人即便在震耳欲聋的喧嚣之下，也总是一副教堂管事人[②]的文静态度，办事有条不紊。

当然，我所在的磨坊并没有这般喧闹；只是偶尔听到这些冷落的帆翼上横木的几声嘎鸣。周遭则是一片沉寂；尤其使人怅惘的是，这里一切仿佛业已完全就绪，只待当天的开工。这个磨坊一度——大约几十年前——也曾生气勃勃；但是接着，以及从此之后，便永归悄静与恹无生气，正如一条溪流入夜突然封冻，或如丁尼生《睡美人》诗中的寂寞宫殿[③]。这不是一般衰落——而是亡其魂魄。风车上几个苹果木榫子已从轮机上脱去；底板上也有木材烂掉；只此而已。一周的工夫便足以把这一切修缮过来。但已永远无此可能，于是那过去曾驱动千千万万个英国风车团团欣舞的阵阵好风，今天也只能在英吉利海峡之上徒令空忙而已。

（高 健 译）

作者简介

爱·凡·卢卡斯(1868—1938)，英国作家。

读完英国散文家爱·凡·卢卡斯的《风车》一文，最念念不忘的便是那句：“如丁尼生《睡美人》诗中的寂寞宫殿”，它使得整篇文章有些失落抑或有些沮丧的淡淡哀愁顿然带上了些许童真，我突然看到那个关注社会的作家变成了孩子，那份纯真同样也勾起了我内心很多纯真的记忆和美丽憧憬，打动了读者的不只是这个童话的唯一功能，它还使得文章顿时活泼了许多，像深沉的海域上也能偶尔跃起一两条鱼，让我们知道生命的存在，希望还会再有。

外国文学作品中引用带有神秘色彩的童话是否与中国文学作品中引用典故具有异曲同工之妙呢？《睡美人》这个儿时曾让我们心碎的童话，不仅形象地表达出了这些风车也像这个城堡一样意味着曾经也是生机勃勃，借助自然界的风力发出震耳欲聋的声响，到现在一下子永归悄静、恹无生气的衰落过程。由欢声笑语到死气沉沉，这样的落差更容易勾起人们对衰败的体会，这种凄惨更容易令人心痛，就像童话故事里那个处处布满着阴森和寒冷、灰蒙蒙的墙壁上爬满了各种植物的凄惨画面让人不寒而栗，表达着作者凄凉的心情。而且我们还能从中体会出作者其他的寓意：一方面是作者对风车的喜爱和怀念之情，他将风车喻为那个睡在死寂宫殿里的公主，美丽、善良、令人着迷，即使是沉睡了，无声无语了，但仍然是睡着的美人，令人爱慕的背后更有无限惋惜和遗憾之情。另一方面，童话的结局是美好的，睡美人最终被英俊的王子唤醒了，整个宫殿也恢复了原来的生机勃勃，而作者却能很清醒地看到这些仅可以用一周的工夫便可修缮过来的风车，却永远也不可能再如从前了，驱动这英国千千万万风车的好风只能在英吉利海峡上徒劳了，原本心中还能寄予的丝丝希望也被这把无情的刺刀割裂了，这种痛让人心碎，更容易让读者体悟到作者心中那无能为力而又痛彻心扉的感受，鸟鸣山更幽，以喜写悲悲更悲。

这样一篇充满忧郁的文章，童话的出现可谓是雪中送炭，不仅形象准确地表达作者的意图，更能充当一剂良药，在充满沮丧和忧伤中带来些许的甜美和丝丝幻想，慰藉读者的心灵。

（马 斐）

① 红色屋顶即指前面说的镀锌铁屋顶。

② 即掌管教堂事务的堂守。

③ 英国诗人丁尼生的这个诗篇本于法国诗人沙・贝洛尔（1628—1703）的一篇童话。内容大致为，某国王与王后在为其公主举行洗礼宴会上漏请了一位女仙，而被女仙怀恨在心，发誓要对此公主进行报复。公主十六岁时一次宴会上，这个女仙也到场，特送一带刺纺锤与公主，意图刺破其手指，以致之死亡。公主果为纺锤刺伤，幸得另一仙女拯救，以百年沉睡为掩饰而幸免一死；公主周围的宾客也一并被遣入睡乡，因而所居宫殿遂被化为死寂一片。后公主在一位王子的爱抚下始将沉睡解除，与王子共享幸福生活。19世纪俄国音乐家柴可夫斯基曾据此谱成其名作《睡美人》芭蕾舞剧。

沙漠

［法国］安·纪德

啊！多少次黎明即起，面向霞光万道、比光轮还明灿的东方——多少次走到绿洲的边缘，那里的最后几棵棕榈枯萎了，生命再也战胜不了沙漠——多少次啊，我把自己的欲望伸向你，沐浴在阳光中的酷热的大漠，正如俯向这无比强烈的耀眼的光源……何等激动的瞻仰、何等强烈的爱恋，才能战胜这沙漠的灼热呢？

不毛之地；冷酷无情之地；热烈赤诚之地；先知神往之地——啊！苦难的沙漠，辉煌的沙漠，我曾狂热地爱过你。

在那时时出现海市蜃楼的北非盐湖上，我看见犹如水面一样的白茫茫盐层。——我知道，湖面上映照着碧空——盐湖湛蓝得好似大海，——但是为什么——会有一簇簇灯芯草，稍远处还会矗立着正在崩坍的页岩峭壁——为什么会有漂浮的船只和远处宫殿的幻象？——所有这些变了形的景物，悬浮在这片臆想的深水之上。（盐湖岸边的气味令人作呕；岸边是可怕的泥灰岩，吸饱了盐分，暑气熏蒸。）

我曾见在朝阳的斜照中，阿马尔卡杜山变成玫瑰色，好像是一种燃烧的物质。

我曾见天边狂风怒吼，飞沙走石，令绿洲气喘吁吁，像一只遭受暴风雨袭击而惊慌失措的航船；绿洲被狂风掀翻。而在小村庄的街道上，瘦骨嶙峋的男人赤身露体，蜷缩着身子，忍受着炙热焦渴的折磨。

我曾见荒凉的旅途上，骆驼的白骨蔽野；那些骆驼因过度疲顿，再难赶路，被商人遗弃了；随即尸体腐烂，缀满苍蝇，散发出恶臭。

我也曾见过这种黄昏：除了鸣虫的尖叫，再也听不到任何歌声。

——我还想谈谈沙漠：

生长细茎针茅的荒漠，游蛇遍地：绿色的原野随风起伏。

乱石的荒漠，不毛之地。页岩熠熠闪光；小虫飞来舞去；灯芯草干枯了。在烈日的暴晒下，一切景物都发出噼噼啪啪的声音。

黏土的荒漠，这里只要有涓滴之水，万物就会充满生机。只要一场雨后，万物就会葱绿。虽然土地过于干旱，难得露出一丝笑容，但这里的青草似乎比别处更嫩更香。由于害怕未待结实就被烈日晒枯，青草都急急忙忙地开花，授粉播香，它们的爱情是急促短暂的。太阳又出来了，大地龟裂、风化，水从各个裂缝里逃遁。大地坼裂得面目全非；大雨滂沱，激流涌进沟里，冲刷着大地；但大地无力挽留住水，依然干涸而绝望。

黄沙漫漫的荒漠，——宛似海浪的流沙；不断移动的沙丘，在远处像金字塔一样指引着商队。登上一座沙丘，便可望见天边另一座沙丘的顶端。

刮起狂风时，商队停下，赶骆驼的人便在骆驼的身边躲避。

黄沙漫漫的荒漠——生命灭绝，唯有风与热的搏动，阴天下雨，沙漠犹如天鹅绒一般柔软，夕照中，则像燃烧的火焰；而到清晨，又似化为灰烬。沙丘间是白色的谷壑，我们骑马穿过，每个足迹都立即被尘沙所覆盖。由于疲顿不堪，每到一座沙丘，我们总感到难以跨越了。

黄沙漫漫的荒漠啊，我早就应当狂热地爱你！但愿你最小的尘粒在它微小的空间，也能映现宇宙的整体！微尘啊，你忆起何种生活，从何种爱情中分离出来？微尘也想得到人的赞颂。

我的灵魂，你曾在黄沙上看到什么？

白骨——空的贝壳……

一天早上，我们来到一座高高的沙丘脚下避阴。我们坐下；那里还算阴凉，悄然长着灯芯草。

至于黑夜，茫茫黑夜，我能谈些什么呢？

这是一次缓慢的航行。

海浪输却沙丘三分蓝，

胜似天空一片光。

——我熟悉这样的夜晚，似乎觉得一颗颗明星格外璀璨。

（冯寿农 张 驰译）

作者简介

安·纪德(1869—1951)，法国著名作家，著有《田园交响曲》《伪币制造者》等。1947 年获诺贝尔文学奖。

如果流连于明山净水间是生活的一种享受，那么，到沙漠中去又会是一种什么样的感受呢？提到沙漠，人们便会很自然地想到浩瀚无垠的沙丘，历经沧桑的感觉会油然而生，心中不由会涌起沉重和荒凉，很少有欢快跳跃的敏感，也少有浪漫丰富的生活想象。

可法国作家纪德在他的散文《沙漠》里却唱响了一曲悦耳、激昂的大漠之歌。在歌声里，你能听出作者热情赞颂大漠的激昂旋律，对百无聊赖的生存境遇的感叹，以及敢于与生命挑战的美好憧憬。作者以博大的情怀纵观宇宙，用微小的颗粒感悟人生。

《沙漠》是一组精雕细琢的精美图画，作者在开篇中即感叹“苦难的沙漠，辉煌的沙漠”，接着用丰富的意象勾勒出大漠的雄浑、悲壮、凄凉，这组图的结构顺序是：大漠中的海市蜃楼，大漠风暴中的飞沙走石，荒凉路上的累累白骨，寂寥无声的凄凄荒漠，有生命和无生命的大漠及在大漠中的所思所想。通过对实景的描述，幻想中情感的抒发，达到了一种很高的人生思想境界。

这篇散文用诗一般的语言直抒情怀，表现出作者热爱沙漠、热爱大自然的强烈情感，作者饱满的热情都倾注于沙漠的自然景物中，用黎明、霞光、绿洲、棕榈来表现对自然的神往，把强烈的爱延伸到“光源”中，尽管这里是不毛之地、冷酷无情之地，但作者那狂热的爱，紧紧追随着大漠之魂。

沙漠的荒凉，应该是令人恐惧的、绝望的，但作者却在荒凉恐怖之上看到了美丽、富有诗意的景观。

只有心中有着美好向往的人才能在如此险恶的环境下，保持这般积极的、乐观的心态，否则意志早被沙漠的恶劣环境所吞没，心情早已在黑夜里哀哀哭泣了！“我的灵魂，你曾在黄沙上看到什么？白骨——空的贝壳？”朋友，你又在沙漠中看到了什么呢？

（葛亮亮）

松鼠

[法国] 科莱特

战前，我有一只松鼠。它原先的主人在我上车的时候很巧妙地把它作为礼物悄悄塞进我的大衣口袋里，当时我已经相继欣赏然而谢绝了一头滑头滑脑、气味浓重的北美浣熊，一只年满一岁的豹猫，一头四个月大的小母狮和一只像生菜盆一般大、人家向我保证会伸出爪子的名叫阿纳托尔的癞蛤蟆。

我曾在别处说起过这头巴西松鼠，它全身呈深铜绿色，翘起的尾巴顶端和腹部则是红色的。兴许我这样描绘它还早了点儿，其实我对它并没有一个基本的了解，因为，那时我把它叫作“母松鼠”和丽科特。比我聪明的人恐怕也全弄错的……

我一开始就觉察到皮蒂里基确实野性十足，换句话说，它对于人一无所知，竟以为可以无所顾忌。它的身上燃烧着一颗海盗和山大王的灵魂，并在它那站起来才二十二公分长的身体内随意地表现出来。

第一天，它就把波斯猫吓得直哆嗦，而巴儿狗在它面前竟说不出话来。瞧着这个快快活活、疯疯癫癫的家伙一本正经地坐在椅子靠背上，瞪着那双像羚羊般椭圆形眼睛盯着每一样东西，谁会不发抖呢？它一边口中咂咂作响，一边摇晃它那镶有一条“绦带”的可爱的圆耳朵，把榛子壳和它的威风胡乱撒向我那些惊愕不已的小动物。

第一天，它喝牛奶，在我的头发上蹭干净两只手，然后模仿松鸦的叫声，往空中蹦跳。它沿着天花板的突饰奔跑，过一会儿，又趴在一块路易十六时代的地毯上，把一个戴头盔的半裸人物的鼻子吃掉。不过，它并不认为我会惩罚它，又回到我的肩上，梳理我的头发，把冰冷而友好的小鼻子、肉乎乎的舌头在我耳朵下方蹭，它那独特的气息散发出麝香的芬芳。

“它挺好看，可是……它对人亲热吗？”我的男女朋友这么问道。

我觉得，他们这样直截了当地提出问题真放肆，他们的问题总是同样的问题。多么苛刻，而且，对待动物多么卑劣……“有来有往”，可我们又给了些什么呢？一点儿食物，——和一条锁链。

“拴住它，它抓了一团毛线！”

一条在皮蒂里基童年时就箍在它腰周围的锁链磨损了它的毛皮。它那如羽毛般轻盈、如火焰般闪烁、翘在空中的尾巴在跳来跳去时便发出一种如苦役犯戴的镣铐的声音。

“抓住它，把它拴住，它把糖果盒拿走啦！”

它被缚住之后，就把手指长长的手，那一天要洗十次，保养得很好的手塞进钢制腰带和肋部之间，陷入沉思。当我带它去乡间时，我恍然大悟，直到那时，它一直过的是沉闷的城市生活。它没有立刻走出敞开的笼门。它把一双手紧紧贴在胸前，出神地凝视着由花园、草地和大海构成的一片无边的绿色，身体则有规律地颤栗，我只能把这种颤栗比作生命垂危的蝴蝶的抖动。它的美丽的、如一颗泪珠般凸起的眼睛里映出一片绿色。不过，皮蒂里基已经与我们一道生活了相当的时间，并不指望有过分的恩赐。我牵住链子的另一端，它便随我一起在草坪上行走。

在草地上，它干净利落地小便，采摘一粒粒黑色的野果籽。然后，它用前肢攫住一棵鲜花盛开的女贞树底部的枝丫，发疯似的摇晃它，咬住它，仿佛要看看这树枝是不是活的。

这时，它瞧见空中飞过的鸟儿，便伸长脖子向鸟儿致意，这一举动几乎使它离了地面……

然而，那时候它只有一条稍长的锁链。难道不该提防野猫、狗、寒夜，尤其是我放养的四只来回盘旋瞭望的雀鹰吗？那些自由自在地走动的动物渐渐走近它，有时使它亢奋，有时惹它恼怒。它遇见一条脆蛇蜴，耳朵之间的前额上便立即堆起皱纹，竖起了脖子和尾巴的簇毛，血丝也蒙上了暗色水晶一样的眼睛。在我起来调解之前，皮蒂里基已经翻了个空心筋斗，像只好斗的公鸡在空中打了个旋，那蠕蠕而动、并不伤人的小蛇已然躺在地上，断成两截……

但是，对癞蛤蟆，松鼠只是表现出相当反常的厌恶。有时，它向表皮长满疙瘩的、肥肥的雌性癞蛤蟆伸出爪子，显得挺友好地搔它那脓疱状的脑袋，但是，癞蛤蟆却鼓起了肚子，表示抗拒，皮蒂里基气得眼都红了（确实如此），发出刺耳的喊杀声。

它度过了愉快而又充实的复活节假日，它发胖了。除了我敞开给它的榛子、核桃、杏仁外，它还咬了窗帘、镜框的一角，凿穿了一个银匙，整天把一根葡萄枝搂在怀里走来走去，用嘴唇舔着它，轻盈地在我双肩之间窜来窜去，往我耳朵里吹气，可是，我讨厌它身上那条链子的声音和它柔软光滑的肋部的周围那一小圈被磨损的皮毛。

五六月间，在巴黎我那小小的园子里开满了白洋槐花、杜鹃花和葵花。皮蒂里基关在笼子里，把它的可爱的鼻子挤在两条栏杆之间……我知道，我终将打开笼子，解开它的锁链，而且我会想它的。

我给皮蒂里基以自由的时候，我回想起来正是六月，温煦的微风轻轻吹拂，洋槐花和双瓣樱桃花如一条条雪白的斜线在空气中摇曳，而自由了的松鼠却一动也不动，它两只手交叉，久久地、全神贯注地坐在窗台上。它开始做它的习惯动作，把手塞进腹部和链子之间，但它没找到链子。它笨拙而轻轻地跳了一下，估量那根原先拴它的断链带的确切长度，然后，又试着跳了一下，那时，它只是瞅着我。最后，它不安地咳嗽，急急地奔跑起来，然后，消失得无影无踪。

暮霭降临时，我叫唤它的名字，但没有用。可是，夜色深沉时，窗台上面响起了松鼠那轻轻的、朴实的干咳声，它呼唤着我，皮蒂里基像主人似的回到房间。它步履蹒跚，因户外的空气、树木、鲜花和海拔高度而为之心醉。它就着盥洗盆的水嘴畅饮，用一双手梳洗一番，准备床铺——那个它每天晚上打开，然后又裹在身上的毛线团，像粗汉那样嘟囔："我的床！他妈的，我的床！"夜里，它乱梦萦绕。第二天，我又见到它自由自在地坐在窗边，等待着折断那条其实已不再存在的链子……

那天，它没有离开花园。在杜鹃花、洋槐花丛中，在我那低矮的房子的天沟里，重又开始像人间天堂一般的生活。一群飞来飞去的燕子和麻雀围着皮蒂里基，对它鸣叫，时而用喙吸它，它便咕叽不休，开始蹦蹦跳跳，鸟儿们见它这样，噼噼啪啪地像鼓掌似的舞动翅膀。它欣喜若狂，忘乎所以，追逐我那宝贝猫，把猫从洋槐树那儿撵走，它得意扬扬，像洗瓶毛刷那样蹲在洋槐树上，一脸满不在乎、睥睨万物的神态："现在，轮到谁啦？"

放假了，我们管不着它啦……皮蒂里基来到花园，在三条小径环绕的几幢住房附近玩耍。它远没失去爱交际的性情，甚至还向那儿的居民施展自己的社交影响，于是，便有人来告诉我：

"皮蒂里基在尼古罗街午餐，吃了高脚盘里的核桃和一些葡萄干……"

"皮蒂里基在维塔尔街躺了两个小时。它坐在钢琴上，听小姑娘学唱歌……"

"有人从埃格隆·勒鲁太太家来，说要看看皮蒂里基有没有带来一把镶银的玳瑁小梳子，它是从小梳妆台上拿走的。埃格隆·勒鲁太太说，如果找不到，也没关系……”

它每天早出晚归，精力充沛，皮毛光亮，因为获得自由的缘故，甚至因为感恩的缘故，它显得神采奕奕，它从不忘记回家，从不忘记向我滥施松鼠式的爱抚和亲吻。这重新开始的世界，这一平衡状态，这野生动物和我们之间的纯洁关系，持续了两三个星期。一天晚上，皮蒂里基没有回来，后来的晚上也没有再回来。我确信，人类的双手又重新攫住了它，攫住它的毛皮，它用来滑跳的柔软的后爪，它那为了伸出脑袋让人抚摸而贴在两侧的耳朵。

正是因为想起皮蒂里基，想起那些生活在我们中间感到别扭，因而悲伤地隐居起来的其他野生动物，我才常常体味到“对人的厌恶”。

（谭立德 译）

作者简介

科莱特（1873—1954），法国著名女作家，著有《克罗蒂娜》《感情收敛》《亲爱的》等。

科莱特的作品充满女性特有的细腻和柔情，尤其是其散文，精巧灵动，情致悠长，其中所表现的人和动物的和谐相处，人与动物的深厚情感令人回味无穷，感慨良多，《松鼠》就是这样一篇佳作。

《松鼠》刻画了作家战前所拥有的一只宛若鬼精灵的巴西母松鼠，其描写既面面俱到又细致入微。作家用细致的笔触写到了松鼠的皮毛、眉眼、举止、习性，甚至于灵魂——一颗海盗和山大王的灵魂。从入住第一天的肆意到被缚后的忧伤再到重获自由时的欢愉，这只被唤作皮蒂里基的松鼠在作家的娓娓道来中跃然纸上，仿佛就在我们身边稚拙、娇憨、蛮横、热烈、活跃。随着作家文字的不断涌现，皮蒂里基就在这细腻的描绘中蹦蹦跳跳而来，直至让我们熟悉得连它的咳嗽都清晰可闻。

除却描写的细腻纤致，科莱特的文字同时充满万种柔情。对记忆中的那只松鼠，她也倾注了满腔爱意，那是一种人类对动物的博大宽宏的脉脉温情。她宽容它的任性，同情它过着沉闷的城市生活，并终将其锁链解开，哪怕自此会情不自禁想念和呼唤，当皮蒂里基最终被人类攫住，她忍不住悲伤，深深体味到“对人的厌恶”。作家的文字随着皮蒂里基的欢快而欢快，随着它的忧郁而忧郁。松鼠与作家之间的坦诚相对、愉悦相处不禁令人神往。真是笔墨所至，情意亦至。

作家更为高明之处在于其能娴熟运用比喻的修辞方法将描写的细腻和对松鼠的柔情天衣无缝地巧妙结合。精妙传神又婉转传情的比喻在《松鼠》中比比皆是。“它那如羽毛般轻盈、如火焰般闪烁、翘在空中的尾巴在跳来跳去时便发出一种如苦役犯戴的镣铐的声音”既让读者清晰知道了皮蒂里基尾巴的形态色泽，又让读者深切感觉到作家对被缚的皮蒂里基殷殷的关切和同情；“我只能把这种颤栗比作生命垂危的蝴蝶的抖动”写出了皮蒂里基颤栗时的凄然脆弱，也道出了作家对其的不忍和爱惜；“它的美丽的、如一颗泪珠般凸起的眼睛里映出一片绿色”则让我们看到皮蒂里基和作家的忧伤同在。正是这样不断涌现的比喻使得作家的文字动人心弦。

读完这样一篇美文，任是谁的心弦都会被这样美好的文字和情感所感动，禁不住想拥有这样一只松鼠了，却又是不忍心将它禁锢了。自此，由爱本文中这只松鼠到去爱“那些生活在我们中间感到别扭，因而悲伤地隐居起来的其他野生动物”吧，那定会成为大自然中的一幅绝妙图景。

（丁香伟）

树

[俄罗斯] 米·普里什文

树　根

太阳上山之前，但见明月悠悠，向西坠落——比昨天显得远多了，竟没有在化了冰的水面上倒映出来。

太阳时而露脸，时而被浮云遮住，你满以为："要下雨了。"然而始终不下。天却暖和了起来。

昨日热烘烘的阳光还没有把新结的冰融化净尽，留下两条薄薄的晶莹的冰带，如同宽宽的饰缘，镶在河的两岸；碧绿的流水泛起涟漪。惹动着那薄冰，发出像孩子往上扔石子的声音，又像有大群鸟儿叽叽喳喳地横空飞过。

水面有几处昨天留下的薄冰，好似夏天的品藻，红嘴鸥游过，留下了痕迹，从岸上孩子手中逃脱的野鼠跑过，却无半点塌陷。

举目望那整片浸水的草地上的仅有的一棵小树——我窗前的那棵榆树，只见所有的候鸟都栖身在那上头，有苍头燕雀，金翅雀，红胸鸲，我就频频联想到又一棵树，当年行役天涯的我，在那棵树上停下来，从此和它融为一体，它的根也就成了我长入故土的根。在我像候鸟一般漂泊不定的生涯中，就是这样在自己的根上站立起来的。

蛇麻草

一棵欹斜在漩涡上头的参天云杉枯死了，连树皮上的绿苔的长须都发黑了，萎缩了，脱落了。蛇麻草却看中了这棵云杉，在它身上愈爬愈高——当它爬高了的时候，它从高处看到了什么呢？自然界发生了什么呢？

一条树皮上的生命

去年，为了使森林采伐基地上的一个地方便于辨认，我们砍折了一棵小白桦作为标记；那小白桦因此就靠了一条树皮危急地倒挂着。今年，我又寻到了那个所在，却叫人惊讶不已：那棵小白桦居然还长得青青郁郁，看来是那条树皮在给倒悬的树枝输送液汁呢。

瑞　香

朋友刚离我而去，我环顾四周，目光落在一个被空的云杉球果穿满了孔的老树桩上。

啄木鸟在这儿操劳了一个冬天，树桩周围厚厚的一层云杉球果，都是它一冬中衔来，剥了壳吃了的。

从这层果壳下面，一支瑞香好容易钻到世界上来，争得了自由，盛开着小小的紫红花朵。这支春天最早开放的花儿的细茎，果然十分柔韧，不用小刀是几乎折不断的，不过也好像没有必要去折它：这种花远远闻去异香扑鼻，有如风信子，便移近鼻子，却有一股怪味，比狼的臊气还难闻。我望着它，心里好不奇怪，并从它身上想起了一些熟人：他们远远望去，丰姿英俊，近前一看，却同豺狼一般，奇臭难闻。

（叶尔湉 译）

作者简介

米·普里什文（1873—1954），俄罗斯作家，著有《在鸟类不受惊的地方》《人参》《大自然的日历》《林中水滴》等。

本篇散文，作者以清新流畅的语言、轻松活泼的笔调给我们展示着大自然的美妙：暖暖的春阳融冰，候鸟栖居小树，爬上枯死的参天云杉的蛇麻草，一条树皮的生命，从堆满树桩里钻出来的瑞香等，让我们身临其境。

本文是以“树”为中心而展开的。《树根》这一段中，给我们展示的是一幅美丽生动的画面：悠悠西坠的明月，时隐时现的朝阳，尚未融尽的薄薄晶莹冰带，从孩子手中逃脱的野鼠，栖身于小树的群鸟……作者细腻轻松的语言，形象生动的比喻，给人以强烈的视觉美感。《蛇麻草》中参天云杉枯死了，“连树皮上的绿苔的长须都发黑了，萎缩了，脱落了”，在这凋零衰落的生命上却负载着生机盎然的蛇麻草，作者在此赋予了蛇麻草灵性，活泼调皮的语言中有探索大自然的奇思妙想。《一条树皮上的生命》中一棵小白桦靠了一条树皮竟长得青青郁郁，生命的奇迹让人惊讶和震撼。《瑞香》中，“被空的云杉球果穿满了孔的老树桩上”，一直盛开着小小的紫红花朵从这层果壳下面偷偷地钻了出来，似乎在好奇地打量这个世界……同样也是一幅有趣的图画！整篇文章的字里行间都营造着和谐的氛围，洋溢着生命的喜悦。作者在给我们生动细致地展示大自然美妙的同时，也渗透着自己的生命体验，如窗前的小树让作者想到了又一棵树，“当年行役天涯的我，在那棵树上停下来，从此和它融为一体，它的根也就成了我长入故土的根”。这更加流露了作者对大自然眷恋的感情。有的地方融入了作者的人生感悟和认识，如瑞香的香味让作者想到了表里不一的人们，透露着微妙的哲思意味。

我们在欣赏这篇美文时，心里有一种无法言说的轻松和惬意，浮躁不安的心情渐渐沉静下来，情不自禁地沉浸在神奇美妙的大自然中，神思畅游，心灵变得透明纯净！

（宋美英）

农家

[德国] 黑塞

当我重新见到阿尔卑斯山南麓这块福地时，我仿佛总觉得自己从流亡中回到了故乡，仿佛终于又站在我理应站的山的那一边。这里，太阳更亲切，群山更红，这里生长栗子、葡萄、杏仁、无花果，人们善良、友好、彬彬有礼，虽说他们都很贫穷。他们所建造的一切，看来是那么好，那么恰当而可爱，仿佛都是自然生成的。房屋、围墙、葡萄山的石级、道路、种植地和梯田，这一切既不新也不旧，这一切仿佛不是靠劳动建造的，不是用脑筋想出来的，不是巧夺天工的，而是像岩石、树木、苔藓一样自然形成的。葡萄山的围墙、房屋、屋顶，这一切都是由同样的褐色片麻岩石砌成的，这一切相辅相成，像弟兄手足一般。没有一样看来是陌生的、怀有敌意的和粗暴无情的，一切都显得亲切、欢畅和睦邻友好。

你愿坐在哪里就坐在哪里，围墙上，岩石上或者树桩上，草地上或者土地上，全都可以；不论你坐在哪里，你周围都是一幅画和一首诗，你周围的世界汇成优美而幸福的清音。

这里是贫穷农民居住的一个田庄。他们没有牛，只有猪、羊和鸡，他们种植葡萄、玉米、果树和蔬菜。这所房屋全部是石头砌成的，连地板和楼梯也是，两根石柱间一道凿成的石级通往场院。不论在哪里，植物和山头之间，都浮现出蓝色的湖光。

忧和虑仿佛已留在雪山那边了。处在受折磨的人和可憎的事情之间，人们的忧虑实在太多了！在那里，要找到生存的理由，是那么困难，又是那么至关重要。不然的话，人该怎么生活呢？面对真正的不幸，人们煞费苦心，郁郁寡欢。——在这里，不存在难办的问题，生存无须辩护，思索变成了游戏。人们感觉到：世界是美丽的，生命是短暂的。但不是万念皆灭；我想再增一对眼睛，一叶肺。我把双腿伸进草丛里，并希望它们变得更长一些。

我愿成为一个巨人，那样，我就可以把头枕在积雪旁一处高山牧场上的羊群中间，我的脚趾则伸进山下深深的湖中去戏水。我就可以这样躺着，永远不站起来，在我的手指间长出灌木丛，在我的头发里开出杜鹃花，我的双膝变成前山，我的躯体上将建起葡萄山、房屋和小教堂。我就这样躺上千万年，对着天空眨眨眼睛，对着湖水眨眨眼睛。我一打喷嚏，便是一阵雷雨。我呵上一口气，积雪融化，瀑布舞蹈。我死了，整个世界也死了。随后我在宇宙中漂洋过海，去取来一个新的太阳。

这一夜我将睡在哪里？反正都一样！世界在做什么？创造出了新的神，新的法律、新的自由？反正都一样！但是，这儿山上还开着一朵樱草花，叶子上银珠点点，那儿山下的白杨树间，甜蜜的微风在歌唱，在我的眼睛和天空之间，有一只深金色的蜜蜂在嗡嗡乱飞——这可不是一回事。它哼着幸福的歌，它哼着永恒的歌。它的歌是我的世界史。

（佚 名译）

作者简介

黑塞（1877—1962），德国作家、诗人，1946 年获诺贝尔文学奖，著有《彼得·卡门青》《荒原狼》《东方之行》《玻璃球游戏》等。

黑塞是一位瑞士籍的德语作家，因“富有灵感的作品具有遒劲的气势和洞察力，表现了古典人道主义的理想和高尚的艺术风格”而获诺贝尔文学奖。他是一位与众不同的具有浓郁的抒情色彩和浪漫气息的作家，而《农家》则把他的这种独特气质表现得淋漓尽致。

作品一开头就奠定了文章的基本格调：“当我重新见到阿尔卑斯南麓这块福地时，我仿佛总觉得自己从流亡中回到了故乡，仿佛终于又站在我理应站的山的那一边。”亲切的太阳，红红的群山，各种各样的水果，善良友好的人们，让作者有了回家的感觉，优美、兴奋、新奇、亲切包围了“我”，“绿树村边合，青山郭外斜”，一幅恰当而可爱的田园山水画，在我们眼前展现出来。更为重要的，这一切不是人工劳动的巧夺天工，也不是冥思苦想的智慧成果，而就是自然的鬼斧神工，陌生、敌意和粗暴无情离这儿是那么遥远和虚幻。在这里，作家是自由的，心情是舒畅的，因为周围的世界满是“汇成优美而幸福的清音”。

这农家的一切都和城市的烦恼、忧虑、痛苦、折磨形成了一种强烈的对比。在那里，人们煞费苦心却又郁郁寡欢，要生存还需要找到生存的理由，能够面对不幸，却又对不幸无可奈何。人们和时间赛跑，旅行包里收获的只有身心疲惫、伤痕累累。中国伟大的史学家司马迁说过：“夫天者，人之始也；父母者，人之本也。人穷则返本，固劳苦倦极，未尝不呼天也；疾痛惨怛，未尝不呼父母也。”作者风尘仆仆地在城市中来回奔波，但却与周围的价值观念格格不入，人的精神与灵魂随着现代文明的发展不断堕落、下沉，作者这时的精神几乎到了崩溃的边缘，想摆脱周围的不幸与烦恼，只好选择了逃避，逃到了雪山那一边，逃到了阿尔卑斯山脉。

但是，作者不是一个洒脱的人，忧虑并不能随着他的逃避而完全释怀，强烈的人文情怀和责任意识像蚕茧一样把他包裹得密不透气，对生命的关注、对不幸的思考如影随形，既然这样，也无法摆脱命运的纠缠，那只好借助于幻想了。面对阿尔卑斯这样壮观、优美的景色，作者想“再增一对眼睛，一叶肺”，把这些美景全都尽收眼底，把这些清新而又充满生命活力的气息全都吸进肺里，作者需要新鲜的空气来洗掉污浊的濒死的细胞，作者还希望变成一个躺在自然中的“巨人”，他身体的各个部位以及每个动作都深深地打上了自然的烙印：“在我的手指间长出灌木丛，在我的头发里开出杜鹃花，我的双膝变成前山，我的躯体上将建起葡萄山、房屋和小教堂”，我与自然融为一体，我就成了自然，思维也已经不属于我，社会、信仰、法律也与我无关，我只是一只哼着幸福永恒歌唱的小蜜蜂。

作者用优美抒情的笔调讴歌了阿尔卑斯山脉农家田园风景，作者逃避城市生活的理想所在，是他生活世界的“桃花源”，同时也是对浮躁、复杂的城市生活的批判，对人生、生存价值的一种考虑，启迪人们对自由和生命进行重新思考，也体现出作者积极的精神追求和高尚的人文情怀。

（梁兆卫）

图书馆

[德国] 德布林

一个名叫卡尔·弗里德尔的男人，以清扫烟囱为生。有一次他来到图书馆，感到十分惊讶，随后，一个念头死缠着他不放。那就是，他深信，这些摆在这里的书久而久之一定会对四周的墙壁和天花板产生巨大的影响，所以，只要人们在这里待上一会儿，随便坐在哪一张椅子上或到处站一站的话，就能获得一些知识。

他没有把这一个非常容易理解的念头透露给任何人，但总是在空余时间来到图书馆，坐在椅子上或靠在桌旁，环顾四周，一动也不动。弗里德尔是个独身男子，他同两名助手一起干活。一开始为了增长知识他每天在图书馆坐上半小时，然后是整整一小时，有时甚至两个小时。他时而也会睡着，一旦醒来就会感到精力充沛，思绪万千，而且表情还特别严肃。

但究竟是哪些思绪充塞了他的头脑，对这一点他并不予以追究。

为了了解一些情况，有时在他离开图书馆前，他会走到一个书架前，取出一本书来翻阅。有时他看上去在想些与这本书有关的东西或表示曾有过类似的体会。但他抓起另外一本书时，如印第安人的故事，他想的就很可能与这本书有关。总而言之，这很难说清楚。

所以他得出的结论是：在图书馆人们不能只同一本书打交道，因为这本书与那本书的观点有时会相互矛盾，所以只能同把两位以上的数的数字横加起来的数目的书打交道，当然在一间摆满书的房间里是不难得出这一数目的。简而言之，他不再去接近书架，而又恢复过去干坐的办法。他坐着的时候也会产生各式各样的念头，但他不会去思索这些念头。

这位扫烟囱的人就在这种似睡非睡的状态中生活了许多年。谁都知道，他是一位态度严肃、深思熟虑的人。谁也都说，他因对书怀着崇敬的心情，所以不敢去打开一本书。毫无疑问，他对书怀有一种深深的崇敬，但阻止他看书的另外一个原因就是他掌握了一种获取知识的新方法。

（李健鸣 译）

作者简介

德布林（1878—1957），德国医生、社会批评作家，著有《王伦三跳》《华伦斯坦》《柏林亚历山大广场》等。

文章讲述了一个以清扫烟囱为生的工人，偶然之中到了图书馆，深深地被图书馆中的氛围所震动，产生了一个奇异的想法：“摆在这里的书久而久之一定会对四周的墙壁和天花板产生巨大的影响，所以，只要人们在这里待上一会儿，随便坐在哪一张椅子上或到处站一站的话，就能获得一些知识。”他也曾经试图翻看某本书，但他更多地意识到的是那些他没有读的书，最后还是回到他独特的读书方式，常常在图书馆中坐一两个小时或者昏昏欲睡。乍一读到这个工人对读书的这种看法，我们可能会觉得这是一种奇异的非正常的想法，图书馆的氛围是无形中存在的，是一种在图书馆中阅读的人的精神上的共鸣，是一本本的书籍、一段段书籍中的文字本身所蕴含的思想能量使人产生的一种想象，这种感受激励人们去阅读、去思考。然而，我们也应该理解这个工人所产生的这种想法。他沉迷在这样一种臆想中不能自拔，他热爱书籍，并因热爱而产生距离。我们将这种行为提升出来，会发现这并非难以理解，这是每个人都可能会有的一种倾向，对自己所极度热爱、深深崇敬的事物的距离感，一种“近乡情怯”的恐惧感，由于极度的重视和慎重，从而使得自己的行动变得难以实现。然而它的存在并不能被认为是健康的，真正的热爱应该是带有一种想了解的愿望去接近、去体会，扫烟囱的工人的所作所为所代表的，是一种应该被人们所认识，进而克服的一种行为。

作者在文章的最后写到“这位扫烟囱的人就在这种似睡非睡的状态中生活了许多年……毫无疑问，他对书怀有一种深深的崇敬，但阻止他看书的另外一个原因就是他掌握了一种获取知识的新方法”，在作者的口吻中我们无疑感受到了他对这种“新方法”的否定。任何事物的存在都有其合理性，然而大千世界，芸芸众生，两两不同，我们需要确定的是我们对这个世界以及身边存在的事物的想法和行动，我们各自有不同的方法去获取知识、去思考问题，重要的并不是世界是怎样的，而是我们怎样去了解世界。

最后，我想起了博尔赫斯的一句诗：“我心里一直暗暗设想/天堂应该是图书馆的模样”(《关于天赐的诗》)。图书馆在每一个热爱思考的人心目中必定是一个表面平静，而内在的思潮在不停翻滚的神圣之所。那么，现在，请坐上思考的班车，走进图书馆。

（孔 硕）

伟大的日子

[美国] 海伦·凯勒

在我的记忆中，我平生最重要的日子，是我的老师安妮·曼殊菲尔·沙莉文来到我身边的那天。这一天联系着我两种截然不同的生活，每想到这一点，我的心里便充满了神奇之感。那是一八八七年三月三日，距离我满七岁还有三个月。

在那个重要的日子的下午，我一声不响地站在大门口，我在等待。我从妈妈的手和屋里匆忙来往的人们，模糊地感到某种不寻常的事情就要发生。因此，我来到门口，在台阶上等待着。午后的阳光穿过覆盖在门廊上的金银花，落在我仰着的脸上。我的指头几乎不自觉地流连在熟悉的树叶和花朵之间。那花似乎是为了迎接南方春天的阳光才开放的。我不知道未来给我准备了什么奇迹和意外。几个礼拜以来，我心里不断地受到愤怒和怨恨的折磨。这场激烈的斗争使我感到一种深沉的倦怠。

你曾在海上遇到过雾么？你好像感到一片可以触摸到的白茫茫的浓雾，把你重重包围了起来。大船正一边测量着水深，一边向岸边紧张焦灼地摸索前进。你的心怦怦地跳着，等待着事情的发生。在我开始受到教育之前，我就像那只船一样。只不过我没有罗盘，没有测深锤，也无法知道海港在哪里。“光明！给我光明！”这是我灵魂里的没有语言的呼号，而就在一小时之后，爱的光明便照耀到了我的身上。

我感觉到有脚步向我走来，我以为是妈妈，便向她伸出了手。有个人握住了我的手，把我拉了过去，我被一个人抱住了。这人是来让我看到这个有声有色的世界的，更是来爱我的。

我的老师在到来的第二天便把我引到了她的屋里，给了我一个玩具娃娃。那是柏金斯盲人学校的小盲童们送给我的。衣服也是罗拉·布莉治曼[①]给它缝的。但这些情节我都是后来才知道的。

在我玩了一会儿玩具娃娃之后，莎莉文小姐便在我的手心里拼写了 d—o—l—l—[②]这个字。我立即对这种指头游戏感到了兴趣，模仿起来。最后我胜利了，我正确地写出了那几个字母。我由于孩子气的快乐和骄傲，脸上竟然发起烧来。我跑下楼去找到妈妈，举起手写出了 doll 这个字。我不知道我是在拼写一个字，甚至也不知道有字这种东西存在。我只不过用指头像猴子一样模仿着。在以后的日子里，我以这种我并不理解的方式，学会了很多字，其中有 pin（大头针）、hat（帽子）、cup（杯子）；还有几个动词，如 sit（坐）、stand（站）、walk（走）等。到我懂得每一样东西都有一个名字的时候，已是我的老师教了我几个礼拜之后的事了。

有一天，我正在玩着新的玩具娃娃，沙莉文小姐又把我的大玩具娃娃放到了我衣襟里，然后又拼写了 doll 这个字。她努力要让我懂得这两个东西都可以用 doll（玩具娃娃）这个字表示。

前不久我们刚在“大口杯”和“水”两个字上纠缠了许久。沙莉文小姐想尽办法教我 m—u—g 是“大口杯”，而 w—a—t—e—r 是“水”。可是，我老是把这两个字弄混。她无可奈何，只好暂时中止这一课，打算以后利用其他机会再来教我。可是，这一回她又一再地教起来，我变得不耐烦了，抓住新的玩具娃娃，用力摔到地上。我感到玩具娃娃摔坏了，破片落在我的脚上。这时我非常高兴，发了一顿脾气，既不懊悔也不难过。我并不爱那个玩具娃娃。在我生活的那个没有声音没有光明的世界里，本没有什么细致的感受和柔情。我感到老师把破片扫到壁炉的角落里，心里很满足——我的烦恼的根源被消除了。她给我拿来了帽子，我明白我要到温暖的阳光里去了。这种思想（如果没有字句的感觉也能称之为思想的话）使我高兴得手舞足蹈。

我们沿着小路来到井房。井房的金银花香气吸引着我们。有人在汲水，老师把我的手放在龙头下面。当那清凉的水流冲在我的手上的时候，她在我的另一只手的掌心里写了 w—a—t—e—r（水）这个字。她开始写得很慢，后来越写越快。我静静地站着，全部注意力集中到她指头的运动上。我突然朦胧地感到一种什么被遗忘了的东西——一种恢复过来的思想在震颤。语言的神秘以某种形式对我展示出来。我明白了“水”是指的那种奇妙的、清凉的，从我手上流过的东西。那个活生生的字唤醒了我的灵魂，给了它光明、希望和欢乐，解放了它。当然，障碍还是有的，但是已经可以克服了。

我怀着渴望学习的心情离开了井房。每一个东西都有一个名字，每个名字产生一种新的思想，当我们回到屋里去时，我所摸到的每一件东西都好像有生命在颤动。那是因为我用出现在我心里的那种奇怪的新的视觉“看”到了每一个东西。进门的时候，我想起自己打破了的玩具娃娃。我摸到壁炉边，把碎片捡了起来。我努力把它们拼合到一处，但是没有用。我的眼里噙满了泪水，因为我懂得我干出了一件什么样的事，我第一次感到了悔恨和难过。

那一天我学会了很多字，是些什么字，我已忘了，但是我确实记得其中有妈妈、爸爸、姐妹、老师这些字——是这些字让世界为我开出了花朵，像“阿隆[3]的棍子上开出了花朵”一样。在那个新事频出的日子的晚上，我睡上了自己的小床，重温起那一天的欢乐，恐怕很难找到一个比我更加快乐的孩子。我第一次渴望新的一天的到来。

（佚 名译）

作者简介

海伦·凯勒（1880—1968），美国盲聋作家、教育家、慈善家、社会活动家，著有《假如给我三天光明》《我的生活》《再塑生命的人》等。

海伦·凯勒的一生是一个奇迹，而首先开创这个奇迹的是另一位令人敬佩的伟大的女性——她的老师安妮·沙莉文女士。本文节选自海伦·凯勒女士的自传《假如给我三天光明》，以第一人称描述了沙莉文老师是怎样从“水”字开始对小姑娘海伦进行启蒙教育的。

开篇，作者一往情深地回忆起和沙莉文老师相识的日子，内心充满了神奇之感。“那是一八八七年三月三日，距离我满七岁还有三个月。”时间具体而清楚，因为这是一个如此重要的日子，它前后隔开的是截然不同的两个世界。相识之前作者是茫然的，甚至不能用语言来表达自己的期待，就像迷失在浓雾里大海上的一只船，没有方向和归宿，而沙莉文老师的到来，正如作者写到“这人是来让我看到这个有声有色的世界的，更是来爱我的”。然后，作者描述了沙莉文老师以玩具娃娃为道具教她拼写单词“DOLL”，以及教她“大口杯”和“水”之间的区别，作者写到，自己一开始只是热衷于“指头游戏”，单纯地“像猴子一样模仿着”，而后却不耐烦起来，把玩具娃娃当成了“烦恼的根源”摔坏了，并因此感到满足，如实地记载了一个残疾儿童焦躁而野蛮的心理特征，真实而感人。后来，当沙莉文老师把小海伦领到井房，让她用一只手感受清凉的水穿过手指同时在她另一只手上拼写“水”字时，作者有如醍醐灌顶，一下子明白了原来“水”是那种奇妙的、清凉的东西，可以说，正是这次对“水”的学习激醒了海伦灵魂深处的智慧与文明以及对知识的渴望。“我怀着渴望学习的心情离开了井房……”“我第一次渴望新的一天的到来”。

传记作品以纪实性和平素的语言取胜，对此，这篇文章兼而有之，然而除此之外，文章中流露出来的真挚的情感无疑是吸引人的。读一篇文章能够让我们有所思考、有所感动，让我们与作者一道充满希望、渴望新的一天，毫无疑问，这才是一篇优秀的文章。

（张玲玲）

① 罗拉·布莉治曼：盲聋哑人，柏金斯学校很有影响的教师。
② d—o—l—l：英语，玩具娃娃。
③ 阿隆，先知摩西的哥哥，“阿隆的棍子上开出了花朵”一事见《圣经·出埃及记》。

世间最美的坟墓

——记1928年的一次俄国旅行

[奥地利]斯·茨威格

我在俄国所见到的景物再没有比托尔斯泰墓更宏伟、更感人的了。这将被后代怀着敬畏之情朝拜的尊严圣地，远离尘嚣，孤零零地躺在林荫里。顺着一条羊肠小路信步走去，穿过林间空地和灌木丛，便到了墓冢前；这只是一个长方形的土堆而已，无人守护，无人管理，只有几株大树荫庇。他的外孙女跟我讲，这些高大挺拔、在初秋的风中微微摇动的树木是托尔斯泰亲手栽种的。小的时候，他的哥哥尼古莱和他听保姆或村妇讲过一个古老传说，提到亲手种树的地方会变成幸福的所在。于是，他们俩就在自己庄园的某块地上栽了几株树苗，这个儿童游戏不久也就忘了。托尔斯泰晚年才想起这桩儿时往事和关于幸福的奇妙许诺，饱经忧患的老人突然从中获得了一个新的、更美好的启示。他当即表示愿意将来埋骨于那些亲手栽种的树木之下。

后来就这样办了，完全按照托尔斯泰的愿望；他的坟墓成了世间最美的、给人印象最深刻的、最感人的坟墓。它只是树林中的一个小小长方形土丘，上面开满鲜花——nulla crux，nulla coroma[①]——没有十字架，没有墓碑，没有墓志铭，连托尔斯泰这个名字也没有。这个比谁都感到受自己的声名所累的伟人，就像偶尔被发现的流浪汉，不为人知的士兵一般不留名姓地被人埋葬了。谁都可以踏进他最后的安息地，围在四周的稀疏的木栅栏是不关闭的——保护列夫·托尔斯泰得以安息的没有任何别的东西，唯有人们的敬意；而通常，人们却总是怀着好奇，去破坏伟人墓地的宁静。这里，逼人的朴素禁锢住任何一种观赏的闲情，并且不容许你大声说话。风儿在俯临这座无名者之墓的树木之间飒飒响着，和暖的阳光在坟头嬉戏；冬天，白雪温柔地覆盖这片幽暗的土地。无论你在夏天和冬天经过这儿，你都想象不到，这个小小的、隆起的长方形包容着当代最伟大的人物当中的一个。然而，恰恰是不留姓名，比所有挖空心思置办的大理石和奢华装饰更扣人心弦：在今天这个特殊的日子里，成百上千到他的安息地来的人中间没有一个有勇气，哪怕仅仅从这幽暗的土丘上摘下一朵花留作纪念。人们重新感到，这个世界上再也没有比这最后留下的、纪念碑式的朴素更打动人心的了。巴黎荣军院圣路易教堂大理石穹隆底下拿破仑的墓穴，魏玛公侯之墓中歌德的灵寝，西敏司寺里莎士比亚的石棺，看上去都不像树林中的这个只有风儿低吟，甚至全无人语声，庄严肃穆，感人至深的无名墓冢那样能剧烈震撼每一个人内心深藏着的感情。

（张厚仁 译）

作者简介

斯·茨威格（1881—1942），奥地利著名作家、小说家、传记作家，著有《最初的经历》《马来狂人》《一个陌生女人的来信》《一个女人一生中的二十四小时》等。

《世间最美的坟墓》是茨威格的散文代表作之一。茨威格出生于德国犹太人之家，以其出众的才华和勤奋的努力成为一代语言大师，而托尔斯泰则是他心目中的伟人。作家茨威格用朴素的笔调带我们走近托尔斯泰的坟墓，走近托尔斯泰。

托尔斯泰的墓“没有十字架，没有墓碑，没有墓志铭”，就连托尔斯泰的名字也没有，这是一个渴望宁静的选择。信仰、声誉团团地把一个个世人围住，没有一刻的安宁，“乱哄哄，你方唱罢我登场”，到头来面对死亡，面对另一个一无所知的彼岸世界，我们又能带走些什么？只不过是“白茫茫一片真干净”！托尔斯泰选择了林荫中的一个小小的长方形土丘，春天的和风，夏天的阳光，秋天的落叶，冬天的白雪无声地陪伴着这个远离尘嚣、孤零零地躺在地下的老者，安慰着一颗对宁静有着无限渴望的心。或许，我们作为一个凡人总会怀着对伟人的一种好奇而去破坏伟人墓地的宁静，但是当我们在看到墓地的一刹那，好奇心消失了，“逼人的朴素禁锢住任何一种观赏的闲情”，我们的心中有的只是震撼和敬畏，庄严和神圣充斥在我们的心间。作者还提到富丽堂皇的拿破仑坟墓、歌德的陵寝、莎士比亚的石棺，被人挖空心思地打扮得就像一个令人敬而远之的贵妇人，而埋葬托尔斯泰的小土丘毫无修饰，毫无人工痕迹，但是我们更能体会到他那颗安稳而平静的心，那种泰然的神情和略带忧伤的眼神。就像处在海德格尔所说的“空间”中，并不是单纯的位置地点的远近，更多的则是心理距离，在这里我们离托尔斯泰是近的，就像童年的我们静静地躺在爷爷的身边，一边晒着阳光，一边回味着遥远的故事，老黄狗安静地坐在旁边，周围混着干草和阳光的气味，我们的心是近的。所以，当我们走近小土丘时，不会照相留个纪念，不会无缘无故地摘一朵小花，只会静静地伫立在那里，借着温柔的风儿，去贴近那颗伟大的心。

坟墓完全是按照托尔斯泰的遗愿修的，而托尔斯泰这一选择的出发点和终极目标都是为了追寻幸福，尽管只是一个长方形的土堆，无人守护，无人管理。但是庇护这个小土堆的几株大树却是托尔斯泰亲手栽种的，这是他对幸福许诺的地方。我们可能无法理解托尔斯泰所追求的具体幸福是什么，但幸福好像迟迟没有来到他的双手之间。直到老年突然想起童年的趣事，一种对幸福的渴望，一种对喧嚣的厌倦，驱使着这颗疲惫的心，选择了树荫，选择了宁静，但对幸福的追求却永远没有改变。这正是作者开篇就告诉我们的："我在俄国所见到的景物再没有比托尔斯泰墓更宏伟、更感人的了。"

茨威格用朴素的笔调给我们叙述了一个伟大作家的坟墓，但那种敬畏、感动的心情却是满纸淋漓。这种叙述的朴素和托尔斯泰坟墓的简单异常紧密地结合成一个整体，让我们体会到托尔斯泰的朴素而宏伟，简单而不平凡的心。《世间最美的坟墓》在艺术上的最大成功也在于通过描写一个普普通通的坟墓，不仅歌颂了托尔斯泰伟大的风格、不懈的追求，而且启迪我们思索朴素与伟大、平凡与尊贵、不朽与湮灭等人生问题，寻求生命的真谛。

（梁兆卫）

① 拉丁文，没有十字架，没有墓碑。

橘颂

[英国] 米尔恩

在一年的诸种水果中，我要投柑橘一票。首先，橘子四季常有——虽然不是四季都在结果，至少水果店里是常有卖的。在餐后甜食以一把巧克力和姜糖来冒名顶替的日子，在两颗干梅和一片大黄便美其名曰混合果品的时候，橘子无论多么酸，总会理直气壮地出来解救困境。而在水果丰盛的季节，即使樱桃、草莓、木莓和醋栗摆满一桌，争鲜竞美，仍然少不了成熟甜蜜的橘子的地位。对于饮食有方的人来说，奶油面包，牛排羊肉，腊肉鸡蛋，并不比橘子显得更加不可缺少。

最普通的水果顶好是可夸耀的品类。要论橘子的长处，我没有足够的篇幅一一称颂。橘子特有的长处很多，它有益于健康，比如可以医治流感，可以改善我们的面容。橘子一尘不染，无论谁把它拿到你的桌上，都只能触到它的表皮，这层外衣将被剥掉，留在厅里。橘子呈圆形，青少年可用它来代替板球玩耍。橘子的核可用来弹击敌人；一小块橘皮，足以使一个老先生滑一跤。

然而，这一切都不足挂齿，倘若橘子不具有那甘美宜人的味道。对此，我不敢放任自己恣意评说。我对橘子的甜蜜无限倾倒，以致憎恨有人结婚，因为那意味着采摘一些新鲜的橘子花，断送掉许多金黄果实。不过，这世界还得延续下去。

次于橘子的水果，我得推樱桃了。樱桃是一种可以做伴的水果。你尽可以一面读书或者谈话，一面享用樱桃；你尽可以心不在焉地把一颗又一颗樱桃送进嘴里，当然你得注意别把核吞下肚去。而在嘴里去核的麻烦，却令你充分领略到樱桃的滋味。樱桃的细茎，使你不会弄脏手，还可以让你玩一种游戏，用嘴去咬穿在线上或浮在水面的樱桃。还有，我们可以用樱桃来揭示人生的大奥秘——看你何时与某人结婚，看她是真心爱你，还是由于看上了你的钱财虚名。(或许我可以在这儿补充一句，我知道一个女子，她能用舌头把樱桃的细茎打个结。这是一项绝技，我不知道是否也可以算作樱桃的长处之一。)

草莓只有两种吃法，一是到草莓地里去挑着吃，一是把它放在盘里捣烂来吃。第一种吃法一般要求我们躬身弯腰——遇上烈日炎炎，会晒得你毛焦火辣的；无论何时，这对于头发都是莫大的损伤。第二种吃法得由我们亲自进厨房去办，还得穿上晨衣，不宜被旁人看见。由于这些缘故，我认为对草莓的估价太高了。然而我得说，我喜欢看见一颗草莓浮在盛着苹果酒的杯里，它会使饮宴大为增色，餐桌上无论有什么缺点都会被辉映了。

木莓木是一种好水果，但总是被玷污。一颗单独的木莓也许算得上最好的水果，但你几乎不可能发现它洁身独在，我并不是指它常常同红醋栗放在一块儿，而是说它上面常附着许多小虫子。这些低级动物追求享受的本性，在贪吃木莓上暴露无遗了。如果你要吃木莓的话，必须用手去摘，仔细把上面的虫子弹个干净，然后才能吃。

当你雇用园丁时，首先必须和他就桃子达成谅解。处理这事的最好办法，是把胡萝卜、黑醋栗和大黄归他，千里光和胡桃树也可以由他采摘，但是反过来你必须坚持桃树得归你，留给你随心所欲地摘取。如果他为人正直，一定会同意的。假若达成了圆满的安排，你又有一把镀银的小刀，你可以露天削皮，当场享用桃子。这样的话，桃子在水果中可以占到一个很高的地位。不过，要达到上述条件是很困难的。

醋栗开裂的一头要是错了，吃了会使你窒息，吃西瓜——像黑人孩子发现的一样——会使你的耳朵沾巴巴的；红醋栗削了皮，去了籽，也还是不能令人满意；黑莓只有木莓的弱点，而无木莓的好处；梅子从来吃不到完全成熟的。然而这些水果逢着自己的节令，都是蛮不错的。它们的缺陷只要稍微习惯，我们便可以谅解；事实上，那些短处只不过是初次食用者的个人癖好而已。说到底，这些水果不是四季常有的。

然而橘子却四季伴着我们，这就说明橘子与众不同了。事实上，橘子对我们大家都颇有吸引力，因为它诚实无欺。假如它快要变坏——我们之中即使是圣贤，也难免有过错的时候——它会从表面坏起，而不从里面。有多少梨子表面看来完好无缺，内部却已腐烂一团。有多少苹果表面看来天真无邪，里面却隐藏着一条肉虫。但是橘子绝没有这种诡秘的坏处，它表里如一，外表即是它内心的明镜；如果你眼快的话，可以看得一清二楚，不让水果商把坏橘子混进你的货袋中去。

（蓝仁哲 译）

作者简介

米尔恩(1882—1956)，英国著名剧作家、小说家，著有《小熊维尼》《菩角小屋》等。

也许是阿兰·亚历山大·米尔恩当过记者的缘故，在他的《橘颂》里，我们可以看出记者所特有的随意幽默的语言风格和言说方式，同时也能够在幽默洒脱之外感受到作者对生活的热爱以及对自然近乎宗教般的虔诚。

文章开门见山，作者先言在诸种水果里最喜柑橘，因为它一年四季都能在水果店里买到，而且可以解除因巧克力和姜糖的甜腻带来的困境，下面作者又列举了橘子的长处，如它有益健康、表皮一尘不染、青少年可以用它来代替板球玩耍等，这种类似说明的文字着实令人生厌，但接下来，“一小块橘皮，足以使一个老先生滑一跤”却在文字之外意外地为我们久困的想象力提供了一个契机，使我们眼前豁然一亮，同时也使语言显得张弛有度，活泼可爱。

下面作者写到橘子最基本也是最重要的可爱之处——它的甘美怡人，甚至为此，作者对那些结婚的人采摘新鲜的橘子花心生恨意，但有谁能说新婚的喜气与人类繁衍的生生不息不是对橘子最高的恩宠和褒扬呢？

紧接着，作者笔锋一转，又如数家珍般地写起了次于橘子的水果。在这一部分，作者的笔调随意但又极富辩证情趣，从这种种的吃法及其对生活细致的观察来看，我们可以想见作者定是一位热爱生活又富于生活情趣的人，如果不是这样，他又如何能够想到用嘴去咬穿在线上或者浮在水面的樱桃的游戏呢？又如何能欣赏一颗草莓浮在苹果酒的杯子里的妙处呢？

在这里，作者同时对一些水果的缺点所表现出的异常的宽容与温情，甚至将这归咎于初次食用者的个人癖好的观点，又让我们在心生敬重之余为人类中心主义的立场与行为感到深深的悔恨和羞愧。

最后，作者认为橘子是道德的象征，它诚实无欺，表里如一，外表即为内心的明镜。这种写法与中国作家许地山的散文名篇《落花生》有异曲同工之妙。

整篇文章笔调随意流畅，幽默风趣，犹如一个顽皮的孩童活泼灵动、生机盎然，但是结构的零散也是在瑕不掩瑜之外不可不提的一份缺憾。

（王寿鑫）

乡村大道上的孩子们

［奥地利］卡夫卡

我听见马车隆隆地驶过花园篱笆，有时我甚至看到它们穿过那些轻柔摆动着的簇叶缝隙。炎热的夏日，木制的轮辐和车辕叽叽嘎嘎地叫得分外响，从地里干活归来的人们扬起的阵阵笑声，使得马车的叽嘎声听起来越发叫人心烦。

我坐在我的小秋千上，在我爹妈的花园里的林间休息。

在篱笆的另一边，来往的行人车辆络绎不绝。孩子们奔跑着的脚丫飞快地一闪而过；收割马车满载着高高的庄稼捆垛，男人和女人们坐在上面以及四周，马车驶过时，轧坏了花坛；近黄昏，我看见一位绅士拿着手杖在慢慢散步，有两个少女迎面与他相遇，她俩向他致意，臂挽着臂，退进了路旁的草地。

这时，鸟儿像阵雨般的漫天飞起，我用目光追逐着它们，看它们一口气飞起多高，直到我觉得并非它们向上高飞，而是我在降落，于是纯粹出于怯弱，我紧紧抓住秋千绳索，开始轻轻悠荡。不久我便更加用力地悠荡起来，此时微风拂来，颇觉凉意。鸟儿归巢，颤抖的繁星出现了。

我在烛光旁吃着晚餐。当我吃着黄油面包，双臂常常搁放在桌上，我已经很疲乏了。暖风将粗糙的网眼窗帘吹得鼓胀起来，有许多次，窗外某个过路人会用双手把它们扯住，好像他想更好地看到我，跟我说话。通常，蜡烛立刻给吹熄了，在煤黑色的烛烟中，蚊子聚集着，长久地绕圈飞舞。如果有谁从窗口问我一个问题，我便会目不转睛地望着他，仿佛凝视一座远山或者一片空地，而他也并不特别在意自己是否得到了回答。但如果有人翻过窗台来，说别人已经在等候我了，我便发出一声叹息，站起身来。

“你为什么叹气？出了什么岔子？发生了什么难以挽回的祸事？我们再也无法补救了吗？一切都完了吗？”

一切都是好好的。我们跑到了房子前面。“谢天谢地，你总算来了！”——“你总是迟到”！——“为什么仅仅是我？”——“尤其是你，如果你不想来，你为什么不待在家里？”——“不能原谅！”——“不能原谅？这是怎么说的呢？”

我们一头扎进暮色里。不分什么昼与夜。我们背心的纽扣仿佛牙齿一样在上下撞击，毕剥作响。我们奔跑的时候，彼此间还要保持固定不变的距离。我们像热带的野兽一样吐着热气，又像古战场上身穿甲胄的骑兵那样踏着脚，高高地跳跃起来，我们沿着短短的小巷彼此追逐，凭借两只脚的冲力，一直奔跑上了大道。离群的几个人跌进了那条壕沟，他们刚一消失在阴暗的陡坡，就像个新来的人一样站到了高处的田野小径上向下观望。

“下来嘛！”——“先上来吧！”——“这样，你们就能够把我们推下来，不了，谢谢你，我们可不那么傻。”——“你们害怕了，你的意思是说。上来吧，你们这些胆小鬼！”——“害怕？害怕像你们这样的人？你们打算把我们推下去，是吗？那倒是个好主意。”

我们打定主意让人推下去，倒栽葱地跌进路旁壕沟的草丛里，尽情地翻着筋斗。一切对于我们，都是暖烘烘的，在草丛中，我们既感觉不到燥热，也感觉不到凉爽，只是感到疲乏。

向右侧翻过身，一只手枕在耳朵下面，人很快便会躺在那里睡着了。但是，他想要抬起下巴再爬起身来，却滚进了一个更深的壕沟。于是，他横伸出一只胳臂，向斜侧蹬动着双腿，想再一跃而起，却肯定会跌入一个更深的壕沟。而这个人绝不想就此罢休。

难道不可以将四肢摊开，特别是把膝盖伸平，在最后这个壕沟里好好睡它一觉？这个问题简直想都没想过，他就像个病人似的仰面躺着，有点儿想哭。时而有个小伙子两肘紧贴双肋，从陡坡向大路上纵身一跃，那黑乎乎的脚底从他头顶上掠过，他便眨一下眼睛。

月亮已经开始升上天空了，月光下面有一辆邮车嘚嘚地驶过。微风开始四处吹拂，甚至在这条壕沟里人都会感觉得到，附近的树林开始沙沙作响。这时，人也不再希望一个人待着了。

“你们在哪儿呢？”——“上这儿来吧！”——“大家一起来！”——“你为什么要躲藏起来，别胡闹了！”——“你不知道邮车已经过去了吗？”——“不知道，已经过去了吗？”——“当然；你睡着的时候，它就过去了。”——“我并没睡着。你怎么这么想！”——“哦，别说了，你现在还迷迷糊糊呢。”——“我可没有睡着。”——“跟我来吧，快点！”

我们紧紧靠拢在一起，向前奔跑着，许多人手挽着手，因为现在是下坡路，人的头无法高昂起来，有人高声呐喊起印第安人的作战口号，我们的双腿以过去从未有过的速度狂奔，我们跳跃时，风儿托着我们的屁股。什么也不能阻止我们；我们开足马力，大步飞跑，以致我们追上了别人，甚至还能够抱着双臂，闲适地打量我们的周围。

我们终于在横跨小溪的桥边停住了脚步；那些跑过桥的人又跑了回来。底下的流水哗哗地拍打着溪石和树根，仿佛还不是暮色已深的时分。我们中间谁都没有理由不该跳到桥栏杆上去。

自远处丛林后面，有一列火车驶过，所有的车厢都亮着灯，窗玻璃当然都放了下来。我们中间一个人开始唱起轮唱曲，可我们大家全都想唱。我们唱得比列车行进还要快，因为我们的声音不够响亮，我们便挥动起手臂，我们的歌声相互冲撞地拥挤在一起，有如雪崩的轰鸣，这对我们是很有益的。一个人加入大家一起唱时，就像受到鱼钩的引诱一样。

我们就这样唱着，身后就是丛林，唱给远处的旅客们听。林里大人们还没有睡，母亲们为夜晚的来临整理着床铺。

我们的时间到了。我亲了亲身旁的一个人，把双手伸给最近的三个人，开始跑回家去，没有人喊我回来。在他们再也看不到我的第一个十字路口，我拐向旁边，沿着田间小径又跑进了丛林。我正向南边那座城市走去，我们村里有人这样讲起过：

“你在那里会发现一些怪人！想想吧，他们从来不睡觉！”

“为什么不睡觉呢？”

“因为他们从来不疲倦。”

“为什么不疲倦呢？”

“因为他们是傻子。”

“傻了就不疲倦吗？”

“傻子怎么能疲倦呢！”

（冬 妮 译）

作者简介

卡夫卡（1883—1924），奥地利小说家，著有《变形记》《乡村医生》《判决》等。

卡夫卡的重要作品折射了被物质异化的西方现代人另一层面上的生活状态：人与人之间的冷漠和隔膜，使人们陷入了孤独尴尬的处境，他的作品里充满了荒诞意识。而我们在阅读这篇散文时，却与阅读他其他绝大多数作品的感受迥然不同，本文展示的不是以往那个荒诞、冷漠、沉重窒息的世界，而是一个充满着活力和欢乐的温馨世界。

散文以儿童的亲身经历和心理感受为线索。首先，临近黄昏，“我”坐在悠荡的小秋千上静静地感受篱笆外面喧闹的世界：满载庄稼捆垛的马车从簇叶缝隙穿过，干活归来的人们扬起的阵阵笑声，孩子们奔跑着的脚丫飞快地一闪而过，两个少女给一位拿着手杖的绅士致意让路，向上高飞的鸟儿像阵雨般地漫天飞起……这是一幅多么温馨欢快的乡村黄昏图呀！而孩子却有着自己的忧愁和叹息，马车的叽嘎声听起来叫人心烦，“我”只能以羡慕的眼光去追逐高飞的鸟儿，也许爱自由、爱热闹的天性让小小的“我”隐隐感觉到寂寞和不自在了？而“我”一融入伙伴们的世界里，就感到了淋漓尽致的自由和欢快，浑身洋溢着青春的力量和勃勃生气！“我们像热带的野兽一样吐着热气，又像古战场上身穿甲胄的骑兵那样踏着脚，高高地跳跃起来。”孩子们像一群黑夜的精灵，在狂野的追逐中不断释放着身上遮掩不住的活力。他们忘情地嬉戏打闹，在暖烘烘的草丛里尽情地翻着筋斗，在乡村大道上引吭高歌……孩子们幼稚单纯的对话更是趣味横生，一群天真活泼调皮的儿童栩栩如生，跃然纸上。“我们的双腿以过去从未有过的速度狂奔，我们跳跃时，风儿托着我们的屁股”，“就像受到鱼钩的引诱一样”。生动形象的语言把孩子们欣喜若狂的高涨情绪渲染到了极致。

本文最后以孩子转述大人的一段话来收束全文：“你在那里会发现一些怪人！想想吧，他们从来不睡觉！”……“因为他们是傻子。”这段话看似与前文关系不大，让我们颇感唐突，但细细品味，却意味深长，称得上是画龙点睛的神来之笔。它含而不露地衬托了那个充满活力的纯真世界，肯定了充满人情味的质朴和谐的乡村生活。同时，也与卡夫卡一向表现的主旨遥相暗合：城市的物质文明不断地异化人类，让人失去了最有活力的本真面貌，使人们陷入尴尬的处境。总之，卡夫卡这篇散文触动了我们内心深处温情脉脉的记忆，唤起了我们对和谐的、充满生机和欢笑的本真世界的追寻和憧憬。

（宋美英）

疯子

[黎巴嫩] 纪伯伦

我在疯人院的花园里遇到了一个青年，脸容苍白、秀丽，可又充满诧异的神色。

我坐在长凳上他的身边，我开口道："你为什么在这儿？"

他惊讶地瞧着我，然后说道："这是个不礼貌的问题，不过我还是要回答你。我的父亲要我成为同他一模一样的人，我叔父也指望我同他一个模样。我的母亲但愿我活像她那大名鼎鼎的父亲。我的姐姐以为她那航海的丈夫是个十全十美的榜样，要我亦步亦趋地学他。我的哥哥认为我应该像他一样当个运动员。

"我的老师们亦然如此，要我成为哲学博士，音乐大师和逻辑学家，他们也都是坚决的，每个人都只要我成为他的尊容在镜子里的反映。

"所以我就到这个地方来了。我觉得这儿疯人院倒比较神志清醒。至少，我可以成为我自己。"

于是，那青年突然向我转过脸来，问道："可是请你告诉我，难道你也是被教育和善意的忠告赶到疯人院来的吗？"

我回答道："不，我是个访问者。"

那青年便说："噢，有的人就住在疯人院里墙壁那一边，原来你就是其中之一啊。"

（佚 名译）

作者简介

纪伯伦(1883—1931)，黎巴嫩诗人、散文作家、画家，著有《我的心灵告诫我》《先知》《论友谊》。

《疯子》是纪伯伦的代表作之一，叙述的是"我"在疯人院里和一个青年的一段对话。通过对话，作者提出了一个发人深思的问题：究竟谁是疯子？在青年的思维里有两个世界：一个是精神病医院，这是一个正常的世界；一个是与精神病医院相隔离的外面世界，而这却是不正常的世界。这种思维本来就是一种"颠倒"的思维，而他头脑中的世界也是一个"颠倒"的世界。

从这个青年的视角来看，他的父亲、叔父、母亲、姐姐、哥哥，这些和自己有血缘关系的人要他成为成功模式的复制品，而且具有渊博知识、本以为开明、开放的老师也要他成为别人的镜像，这一切逼迫着他逃离那个他自己所不能理解的世界而来到疯人院——这个在他看来比较清醒的世界。在这里，他可以活出真正的自己，不用再成为别人的复制品，这才是一个真正的正常世界。从远古时代人就会对自己不断地追问："我是谁？我从哪里来？我到哪里去？"寻找自己，可能是人永远摆脱不了的内在情结，但这种永恒情结随着文明的发展和进步却有一种被压抑甚至被消灭的危险，个性成为一种不合时宜和不受欢迎的东西。其实，作者在这里真正想探讨的还是个人与社会的关系问题。父亲、叔父、母亲、姐姐、哥哥、老师等是作为社会的代表，力量是强大的，而这个青年则是个人的代表，和整个社会相比很明显处于弱势。社会竭力控制、束缚个人，而个人则努力摆脱这种控制和束缚，所以不可避免的矛盾冲突就产生了。但是无论个人如何努力，就像笼中之鸟，始终无法避免这种受控制、受束缚的命运，他只能逃向另外的一个世界——精神病医院，进入这个世界，别人就不会把习惯的社会势力强加在他的头上，也没有人再去强迫他做什么。这无疑是对正常社会的一种辛辣的嘲讽。青年用这种无奈而又极端的方式表达自己对社会的不满和抗议。我们小时候经常会被问到这样的问题：“长大后你想成为什么样的人？”从一开始，孩子自己的存在就被漠视，甚至被忽视，我们始终看到的是榜样和模型，而不是我们真正的自己。

在文章的结尾，青年最后说的一句话也是特别耐人寻味的。在青年人的眼里，作者不属于疯人院这个世界，而属于社会所谓的正常世界。这从开始谈话时年轻人的诧异神色也可以看出，因为一个理解他的人不可能问那么愚蠢的问题。在深层的含义里，年轻人实际上暗示了“我”：我和他其实相差并不远，不过一墙之隔罢了。处在社会的控制和束缚中，我们随时都可能进入到墙的这边来，而不只是来访问的。这无疑又是对社会的一个冷酷的嘲讽，也不得不引起社会的整体反思。

（梁兆卫）

威尼斯

[捷克] 恰佩克

一

假如说下面所写的，多少有点零乱，不甚清晰，这不能怪我，因为我所经历的事情，还有待进一步整理。这回的见闻，委实不少了，留待以后处理，那就是全然忘掉它们。现在只能大致分为我所喜欢的和不喜欢的两个标题，稍微归纳一下。

我不喜欢的事物是什么呢？首先是捷克斯洛伐克，因为它的边防海关吊销了我去意大利使用的银行支票。海关官员要我选择：或者返回家去，或者一文不名地前往意大利。我是个固执的人。管它呢，没有支票也要继续前往。我一边走，一边诅咒共和国、衰老的奥地利和边境上那位面容修饰一新的官员。其次是不喜欢维也纳，因为一顿晚餐要花两三万，这么大的数目是教人不大舒服的；再说，这城市死气沉沉，人们郁郁寡欢。三，威尼斯游客太多。德国人大多数背着背包，穿呢子衣服；英国人手提照相机；从臂膀可以分辨谁是美国人；捷克人则像德国人，说话大叫大嚷，这也许是因为我国空气稀薄的缘故吧。四，圣·马可，这里指的不是建筑艺术，而是一种机制管风琴，上面有个小孔，扔六分钱进去，就能奏出流行曲调《歌唱威尼斯》。我没有找到小孔，它当然也不会为我演奏。五，新婚夫妇，不知为什么，我不喜欢。六，威尼斯女人，我也不欣赏，因为她们大都是俄罗斯人，有的面孔黑得像魔鬼，两眼却闪着情欲之火，身穿长摆服，头发卷成纯粹威尼斯型，这种发式是颇能迷人的。她们对殷勤的陪伴者说："好，好，明白了！"[①]对此我却缺乏想象力。我不喜欢的事物至少还可以列出一打，但欢乐的双翼驱使我急急忙忙地来叙述我所喜爱的事物：

我喜欢的事物是什么呢？最使我满意的恐怕首先要数卧铺车厢。那漂亮的卧车上，安装着精美的铜横杆、开关、按钮、把手和各种各样的机关。你只要按一下或者拉一下，一张舒适的卧铺就出来了。这种发明创造真好，我整晚摆弄那玩意儿，按按这，拉拉那。可那个挂衣架，我却摆弄不了，也许是我太笨拙。身居这些东西之中，也许能做个甜蜜的梦。其次是意大利的宪兵。从边境开始，他们总是两人一排，制服的后襟上挂着两枚手榴弹，头戴船形帽，仿佛是古时候的学院教师，不过帽子是横着戴的。他们特别使我产生好感，不过又觉得有些滑稽可笑。第三，是那些不毗连运河和宫殿的小街，蜿蜒曲折，有的至今还不为人们所熟悉；说不定有的小胡同，人迹也不多见了；像样一点的小巷，一米来宽，不长，活像一座迷宫，你在其中难辨古今，难寻出处。我自夸有辨别方向的本领，昨天却在那里兜了两个小时的圈子；从圣马可广场到里雅多，只要十多分钟，我转了两个小时，仍旧回到了原地。我觉得，威尼斯的街道，酷似东方，这大概是因为东方我从未去过；我还觉得像中世纪，这也许是因为，我压根儿就不是中世纪的人。但从瓦尔帕乔[②]的画作看来，昔日的威尼斯同今天并无什么不同，只是那时没有旅游者罢了。第四，令人称心如意的是，这里没有汽车、自行车、马车、手推车或大轿之类。但是第五，有很多很多的猫，比圣马可广场的鸽子还多。有大猫，眼珠混浊的猫，眼珠明亮的猫。它们白天在走廊带着幽默的神情观察行人，夜间发出奇怪的尖叫声。第六，意大利皇家海军，身穿蓝色制服的小伙子们，还有漂亮的战舰，帆船，轮船，划子，银灰色鱼雷炮艇，渡船等，每只船都那样美，值得用一个姑娘的名字命名。大概因为我是个小伙子，所以也想当一名海军了。时至今日，我仿佛还能望见莉达③号轮船，扬起风帆，消失在东方的海面。洁白的帆，一直吸引着我，比起那白纸支票，更使我久久难以忘怀。有了支票，没有船只，我照样难以发现一个新的国度。

二

关于威尼斯，我不想多费笔墨了。我认为人人都熟悉它，它的确像五光十色的“威尼斯纪念品”。当我第一次站立在圣马可广场时，真是眼花缭乱，好久摆脱不掉一种受压抑的感觉，似乎这并不是实在的威尼斯，而只是一所正在举办的威尼斯之夜大游乐场。我只盼着欣赏吉他弹奏，等着船夫像舒茨④那样高唱船歌。幸好他没有开口，没有狠狠敲我一竹杠，只是举起收费单在我眼前晃了几下。是的，他无疑是一位诚实的表里如一的人。

这里的大运河大概会使你失望。人们传说运河区的宫殿巍峨雄伟，金碧辉煌；也有人说它们只是残垣断壁，令人惆怅。我在这里只不过发现了一种低劣粗糙的哥特式建筑。威尼斯贵族用著名的“石雕花边”装饰建筑物的正面，看起来像女人的胸罩。遗憾的是，我对这种装饰和整个古玩商店缺乏感受力。各种各样的东西，曾经从外地源源运到这里：希腊圆柱，东方香料，波斯地毯，拜占庭杂货，锦缎，哥特式建筑和文艺复兴艺术品。凡是富丽堂皇的东西，对商人都是有好处的。看一看威尼斯的文艺复兴成果，就知道它只不过吸收了古希腊的柯林斯城的风格、栏杆柱、凉台、大理石和整套豪华装饰，几乎没有一点创新。我看只有建筑物正中敞开的凉廊，算得上一点新玩意儿。它虽然美观，但作为优秀建筑艺术，却远远不够了。威尼斯人唯一的才华表现在巴洛克式建筑艺术方面，这种建筑糅合了东方的因素、哥特式装饰和浓厚的文艺复兴成分。这一切，使威尼斯成为地球上最具有巴洛克建筑特色的城市。但是，假如我没有弄错历史的话，当真正的巴洛克式兴起的时候，威尼斯城已是望尘莫及了。

现在我才懂得，我对威尼斯的美为什么如此感兴趣。这里只有宫殿教堂，几乎没有普通人的住宅。不论屋檐，正门，还是圆柱，都显得光秃，密集，暗淡，杂芜，形象虽然生动，但都散发着古物的霉味，没有显示出一点实用的美。当你走过豪华的屋檐和方格木框组成的入口时，就是受到欢迎，你也不会高兴。一切都这般乏味，毫无庄重之感。数以百计的宫殿，说不上是文化，只能算作财富；不表现生活的美，只是讲排场。别以为这是地方不够，而实在是它过于古板呆滞。就是在今天，威尼斯的气氛也是沉闷、沮丧的，因为它促使人堕落沉沦，娇慵懒散。

不过，威尼斯有其迷人之处。当你漫步街头的时候，就如同在梦幻中一样。一条条运河，流水潺潺，圣马可教堂的声乐队，用十多种语言不停地唱着赞美诗，使你再也听不到其他的声音，你迷离恍惚，如醉如痴。当你登上莉达号轮船的时候，耳旁突然响起了电车和自行车的叮当声，仿佛还有马蹄声，一下子将迷人的气氛搅乱了。可是天哪，这座城市连一匹活着的马也没有呀！说实在话，威尼斯最迷人的地方，只能用嗅觉和听觉来欣赏，那就是海湾的浓郁的咸味和附近沸腾的人声。

（万世荣 译）

作者简介

恰佩克(1890—1938)，捷克剧作家、科幻文学家、童话寓言家，著有《鲵鱼之乱》《小狗达西卡》《九个童话故事》等。

对于中国人而言，威尼斯并不陌生，在无数名篇的影响下倍显亲切。莎翁的《威尼斯商人》中生动的情节、朱自清笔下《威尼斯》中纯粹、清朗的夜曲和自在畅游的“刚朵拉”以及阿城点滴记录的《威尼斯日记》等等，为我们打造了这样一个印象古都——星罗棋布的小岛，蜿蜒舒缓的运河，高低有致的古建筑，艺术气息浓郁的意大利风情……这种浪漫与恬静，引来世人无数的遐想与憧憬，谁不希望在被誉为“欧洲最美丽的客厅”——圣马可广场旁喝杯风味独特的咖啡，到钟楼上远眺全城风光，到圣马可教堂朝拜奢华与辉煌，或是戴上面具加入到狂欢节的队伍中尽情疯狂呢？

然而，捷克小说家恰佩克的这篇散文却没有继续为威尼斯镀上赞美的光彩，他以流畅的行文、犀利的目光和率性的言语审视着这座“水城”。文章始终洋溢着通脱、达观的情感，不断寻找着生活中的美丽。或许与作者曾从事童话创作、酷爱旅行的经历有关，开篇恰佩克就以纯真无邪的笔调详述着自己的好恶，洒脱地书写着自己的判断。诸如“不知为什么，我不喜欢”“我不喜欢的事物至少还可以列出一打，但欢乐的双翼驱使我急急忙忙地来叙述我所喜爱的事物”“我整晚摆弄那玩意儿(精美的铜横杆、开关、按钮、把手、机关)，按按这，拉拉那……身居这些东西之中，也许能做个甜蜜的梦”等，这类言语的表达充满了童真童趣。兴致渐浓时，作者自然地展开了对威尼斯的美的寻找，在一系列的怀疑与批判中，表达自己的审美立场——对本真的、独特的、饱含生活情趣的美丽的追求。他厌恶“死气沉沉”“郁郁寡欢”的气氛，“因为它促使人堕落沉沦，娇庸懒散”，努力捕捉着每一个细节，希望能够在城中朴素自然的事物中，寻找“实用的美”。然而，结果却令恰佩克失望。他给这座古城贴上了“威尼斯纪念品”的标签，指出它“散发着古物的霉味”，早已被模式化、符号化了。他不屑于在被“低劣粗糙的哥特式建筑”、希腊圆柱、东方香料、波斯地毯、拜占庭杂货、锦缎包围的城中流连，因为那“说不上是文化，只能算作财富；不表现生活之美，只是讲排场”。对于人人赞颂的宏伟建筑，也做出了充斥富丽堂皇却失去了本真和原貌的评价，更提出了“几乎没有一点创新”的质疑，甚至忧虑地说，“威尼斯最迷人的地方，只能用嗅觉和听觉来欣赏，那就是海湾的浓郁的咸味和附近沸腾的人声”。然而，这位可爱的作家也并非一味否定，虽然他无法阻挡工业文明、现代文化走入寻常生活、侵蚀原始美丽，但依然对威尼斯充满了爱恋，对它的批评也是满怀关切与希望的，这使我们发现了审美的另一种新的角度，这些观点似乎值得我们在一味地沉醉于众所讴歌的迷人光彩时，进行清醒的思考。

（田可新）

① 此处原为俄语。
② 瓦尔帕乔(1455—1525)，威尼斯画派代表之一。
③ 外国女人名字。
④ 捷克民族剧院歌剧团著名男高音。

初雪①

[英国]波·普里斯特莱

今早我起来时，整个世界简直成了冰窟一座，颜色死白缥青。透入窗内的光线颇呈异色，于是连泼水洗漱刷牙穿衣等这些日常举动也都一概呈现异状。继而日出。待我进早膳时，艳美的阳光把雪染作绯红。餐室窗户早已幻作一幅迷人的东洋花布。窗外幼小的梅树一株，正粲粲于满眼晴光之下，枝柯覆雪，素裹红装，风致绝佳。一二小时之后，一切已化作寒光一片，白里透青。周遭世界也景物顿殊。适才的东洋花布等已不复可见。我探头窗外，向书斋前面的花园草地以及更远的丘岗望望，但觉大地光晶耀目，不可逼视，高天寒气凛冽，色作铁青，而周围的一切树木也都现出阴森可怖之状。整个景象之中确有一种难以名状的骇人气氛。仿佛我们的可爱的郊原，这些英人素来最心爱的地方，已经变成一片凄凉可悲的荒野。仿佛这里随时随刻都可能看到一彪人马从那荫翳的树丛背后突然杀出，随时随刻都可听到暴政的器械的铿鸣乃至枪杀之声，而远方某些地带上的白雪遂被染作殷红。此时周围正是这种景象。

现在景色又变了。刺目的眩光已不见了，那可怖的色调也已消逝。但雪却下得很大，大片大片，纷纷不止；因而眼前浅谷的那边已辨不清，屋顶雪积很厚，一切树木都压弯了腰，村中教堂顶上的风标此时从阴霾翳翳的空中虽仍依稀可见，也早成了安徒生童话里的事物。从我的书室（书室与家中房屋相对）我看见孩子们正把他们的鼻子在玻璃上压成扁平。这时，一首儿歌遂又萦回于我的脑际，这歌正是我幼时把鼻子压在冰冷的窗户上来看雪时所常唱的。歌词是：

雪花快飘，
白如石膏，
高地宰鹅[2]
这里飞毛！

所以，今天早上当我初次看到这个非同往常的白皑皑的世界时，我不禁希望我们也能更常下上点雪，这样我们英国的冬天才会更多点冬天味道。我想，如果我们这里是个冰雪积月霜华璀璨的景象，而不是像现在这种凄风苦雨永无尽期的阴沉而乏特色的日子，那该多么令人喜悦啊。我于是羡慕起我在加拿大与美国东部诸州居住的一些友人来了。他们那里年年都能过上个像样的冬天，甚至连何时降雪也能说出准确日期，而且直到大地春回之前，那里的雪决无降落不成退化为霰之虞。既有霜雪载途，又有晴朗温煦的天空，而空气又是那么凛冽奇清——这对于我实在是一种至乐。继而我又转念，这事终将难餍人意。人们一周之后就会对它厌烦，不消一天工夫魔力就会消失，剩下的唯有昼间永无变化的耀眼眩光与苦寒凄风的夜晚。看来真正迷人之处并不在降雪本身，不在这个冰封雪覆的景象，而在它初降的新鲜，而在这突然和悄静的变化。正是从风风雨雨这类变幻无常和难以预期的关系之中遂有了降雪这琼花六出的奇迹。谁愿意拿眼前这般景色去换上个永远周而复始的单调局面，一个时刻全由年历来控制的大地？有一句妙语说，其他别国只有气候，而唯有英国才有天气。其实天下再没有比气候更枯燥乏味的了，或许只有科学家与疑病患者才会把它当作话题来谈论。但是天气却是我们这块土地上的克里奥佩特拉[③]，因而毫不奇怪，人们于饱餐其秀色之余，总不免要对她窃窃私议。一旦我们定居于亚美利加、西伯利亚与澳大利亚之后——那里的气候与年历之间早有成约在先，我们势将会因为失去了她的调皮撒娇，失去了她的胡闹任性，失去了她的狂忿盛怒与涕泣涟涟而深深感到遗憾。到那时，晨起出游将不再成其为一种历险。我们的天气也许是有点反复无常，但我们自己也未见就好许多；实际上，她的好变与我们的不专也恰好相抵。说起日、风、雪、雨，它们在一开初是多么受人欢迎，但是曾几何时，我们便已对它们好不厌倦！如果这场雪一下便是一周，我必将对它厌烦得要死，巴不得它能快些走掉才好。但是它的这次降临却是一件大事。今天的天气里真是别具着一种风味，一种气氛，全然与昨日不同，而我生活于其中，也仿佛感到自己与此前的自己判若两人，恍若与新朋相晤，又如突然抵达挪威[④]。一个人尽不妨为了打破一下心头的郁结而所费不赀，但其所得恐怕仍不如我今日午前感受之深。

（高 健 译）

作者简介

波·普里斯特莱（1894—？），英国作家、评论家，著有《快活的伙伴》《天使的道路》《罪恶之家》等。

对于一个北方人来说，雪并非是稀罕物，即使是冬天里的第一场雪，经历多了也会熟视无睹习以为常。但对居于伦敦的作家波·普里斯特莱来说，一日午前的初雪却让他在饱餐秀色之余感慨良深。

读了这篇散文，读者尽可以佩服作者清新自然的笔调，也可以赞美他活泼迅捷的语言和变幻曲折的表达，但我认为对我们触动最深的还是作者丰盛的思致与感兴。

作者对这场雪的描写不可谓不细致，他紧紧抓住随着时间推进而表现顿殊的景物的特点，在想象力的持续勃发之中，在真实与虚幻飘忽掩映之间，将一个立体的冰雪的世界刻画得让远在天边的我们都感到了一袭彻骨的凉意。

但作者并未将视线仅仅委遁于景物的单纯描摹之中，而是将它移向了那些将鼻子在玻璃上压成扁平的孩子们，于是，他想起了自己的童年、旧时的歌谣，歌词里洋溢着对雪的世界的惊喜与憧憬，如梦般让人沉醉……但现实毕竟是现实，于是在这里作者实现了一个由景到情，再由情至思的感兴和生发。

作者实在是厌烦英国凄风苦雨永无尽期的阴沉的日子，他想见到冰雪积月霜华璀璨的景象，他渴望那种既有霜雪载途又有晴朗温煦的天空而空气又不乏凛冽奇清的日子，并认为这是一种至乐。然而作者又为那种与年历成约在先枯燥单调的生活没有英国天气多变调皮的性格而深深感到遗憾，因此，作者认定人类的不专并不比天气的好变好多少，但又有谁能来责备人类的不专呢？我想就是作者也不忍心，但问题是如果说人类的这种不专正是人的自由本性使然，那么，正如卢梭所言人类生而自由但又无处不在枷锁之中，这确乎是一个悖论。但一次偶然的初雪却又让“我”觉得今日与昨日之不同，甚至自己与此前的自己也已判若两人，“恍若与新朋相晤，又如突然抵达挪威”，这种心游万仞庄周梦蝶蝶梦庄周的感觉又何尝不是超越时空超越人世烦扰的人生至高的自由与快乐呢？

在这里，作者用自己的体验为我们找到了答案，也正是这答案成就了作者不同寻常的体验！

（王寿鑫）

① 本篇出自作者的散文集《猿与天使》(1928)。这里所选为文章的后半部分。
② 高地指苏格兰；苏格兰的北部大部分为山岭，地势较高。
③ 著名的埃及艳后。
④ 挪威地在北欧高纬地带，寒冷多雪。

夜宿山中

[波兰] 雅·伊瓦什凯维奇

静有静的不同，并非千篇一律，静的含义与和谐，都在于跟闹的对比之中。各种音响可能在寂静出现之前就存在，也可能在寂静出现之后才到来。当你夏天住在一个小镇，酷热使你长夜难眠的时候，你多么盼望瞬间的宁静！就在坎坷不平的街道送走最后一阵嘚嘚的马蹄声和迎来第一声辚辚的送煤车声之间，也许有那么个短暂的片刻，你会如同坠入一个热烘烘的黑暗深渊之中。难以抗拒的失眠并没有离去，只是退到房中的一个角落窥伺着，只待那打破温馨的寂静的一声响动出现，便像带刺的蜜蜂一样飞扑过来。

再如火车到站后感到的寂静：当你走下车厢，踏上乡村小站的月台，当你坐进一辆轻便马车，车轮转动，悠悠前进的时候，你便已体会到一种静谧。静在晚饭前的鱼香里，在洋槐树下的淅沥雨声中，在远去列车的余声里等待你。然而，只有当你走进一间华丽的卧室，置身于蒙面的家具、床上簇新的被褥和一般“客房”中常见的那种古旧相片之间，当你推开窗户，给这久置不用的房间放进一点新鲜空气的时候，那种叮当作响、芬芳馥郁、温情脉脉的宁静才来到你的身旁。

傍晚时分，可以依稀听见某处马厩传来的轻微的声息——也许是马儿尥蹶子，偶然还可听见两三声狗吠。随着晚霞消退，天空拉上一重厚幕，这时，大地的宁静才笼罩了你，给你以最温存的爱抚。

然而，山中的静却是一种非人间的、超凡脱俗的静穆，它已经不是在笼罩你，而是在压迫你了。矗立的巉岩似乎是自开天辟地以来便已凝固，它无声无息地向你逼视；山峰上融雪冻成的冰柱，有的从石崖的裂隙间垂挂下来，宛如一只只因长久乞求而疲惫的手；白天还在潺潺流动的山溪，到了夜里似乎不胜惊吓，沉寂在坚硬的山石和无情的天宇之间。从崖壁的每个石罅里，从稀疏的草地上的每棵草茎里，冒出来的都是那样的一种寂静。深山幽谷，万籁无声。你会觉得是由于缺乏空气的缘故，才使得一切音响都失去了生命，如同在星际空间，在这死一般的静穆里，夕阳缓缓西下，犹如一个失去了光芒的红色大球，沿着地平线滚去，隐没到隔山的谷地里；山间各种灰色的多面体顷刻之间染上了一层玫瑰色，宛如盖上了一层新苔，同腐烂的绿色地衣交织成一幅被剥夺了生命的暗淡画面；适才还在你身边低吟浅唱的山溪也喑哑了。只有当你朝着一股小小的山泉俯下身去，耳朵贴近它黝黑的水面，才能勉强听到淙淙的水声，仿佛是从地底向误入深山的你发出的一串低语。

到你抬起身来，光线和山影之间的界线已经模糊了，我们决定留在山中宿夜。

随之，静也起了变化。空洞的静穆似乎逐渐有了某种充实的内容，只是一时还不能理解它的含义。我仿佛翻开了一本用原始文字写的智慧经书，明知它的内容肯定会打动我的心，甚至会使我笃信，但是，那古怪的文字却什么也不能说明。我只好默默把它放在一边，无精打采地去进行普通的宿夜准备。

不久，篝火便熊熊燃烧了起来，金黄色的火苗在悬垂的山峰的阴影里闪耀，虽说天空还算明亮，清澈如碧绿的玉石。我离开了篝火，离开了同伴，踏上随着山势逶迤宛转的野径，来到了一个高高的山隘。俯瞰下方，但见两边是两片寂静无声的洼地。一片洼地已经完全失去了生命的光彩，呈现着无色、无声的单调；我的视线只能在这里那里捕捉到一块比较突出的岩石的轮廓，一片混混沌沌，山朦胧，树朦胧，路更朦胧，像亘古长存的大海，淹没了那些较小的峰峦和丘陵。另一片洼地被一道山脊分为两半，仿佛是某位丹青高手随意一笔涂成，看起来酷似表现派的木刻画。只有聚集在远方山口的灰蓝色的雾霭还能称之为色彩。其余的一切都只是寂静。

直到那天青石的颜色，那种略显暗淡的蓝青色弥漫了我头顶上方的穹隆，并向我脚下的深渊倾泻夜的灰青色粉末，寂静里才有了簌簌的声响。这声响，活像是翻阅书卷时发出来的一样。是的，一卷由识天机者用金刚石的笔刻写的阿威兹达经书[①]，徐缓地翻开了。

阿拉伯神话中巨魔的翅膀，似乎就能发出这样神秘的簌簌声，凡人的耳朵无法捕捉到它，只有根据人身上皮肤轻微的颤栗才能觉察到它的存在。我站在这深山僻径，置身于死气沉沉的巉岩峭壁之间，感觉到了这种轻微的颤栗。巨魔般的夜翱翔于天际，摆动着色调越来越浓的蓝青色翅膀；这蓝青色的翅膀便是自行翻动的书页。我读着上面用金色字母拼写的文字："繁星、繁星、繁星……"

别的我什么也没有看懂。唯有这两个字，包含了其余一切字句所显示的全部内容。它们像一张有着千万个孔眼的金色大网，撒满了整个的空间，也网住了我，使我的各种思绪纷至沓来，像一群苍蝇东飞西撞，竭力想从我的嘴里飞出。忧伤的回忆，甜蜜的柔情，陡然的兴奋，转眼的冷漠。甜酸苦涩，一应俱全。万般情愫有如山影，翩然而来，又翩然而去，只给我留下了深山寂静的姐妹——内心的寂静。这双重的寂静，像两个连环杯，盛满清冽的山泉和山中苔藓的芳香，把我里外浇遍。百感千思，绵绵往事，都离我远去，而我的灵魂则找到了一条通向宇宙灵魂的路。

我的灵魂发现了一条路，但还不曾沿着这条路走去。它还在犹豫。就像一个第一次到教堂去发愿了却尘缘的领洗的修女，她走到了教堂的门口，默默而不安地站住了，她伸出了双手，夕阳清冷的幽光洒落在她苍白的手上。她凝神倾听着。

外部的寂静似乎更加稠浓，荡漾着，浮游着，飘荡的寂静不再使人感到压顶的窒息；它似乎在裹挟更大的范围，一步一步地笼盖了寰宇，每一步都拨动了一个和谐美妙的天籁的音响。静穆的弦越绷越紧，已经达到了最大的限度，随时都有可能被抻断。然而，它没有被抻断——繁星的网捕获了我的万般情愫之后，也带走了过量的寂静，一直带到了茫茫的穹宇，放进了那晶莹闪亮的蓝宝石的圆盘里。

我的心，被一只冰凉的手按摩过之后，又跳动了起来。我的灵魂已经迈进了宇宙的门槛。我闭上了眼睛，倾听着盘旋上升的寂静凌空飞去时发出的簌簌的响声。送走了寂静还能留下什么？

它没有腾空飞去，只是变换了一种形态。此刻，它又像我的亲人——母亲、妻子那样，悠闲自在地向我走来，伏在我的背上，抚摸我的额头，亲吻我的眼睛，轻言细语地向我说了许多温情的话。只是，我永远也理解不了这些柔声絮语，正如刹那前它以另一种形态向我作的关于宇宙无垠、人生有限的训谕不能为我所理解一样。

如果说，前不久那些闪着熠熠光彩的话语还像一首叙事诗，那么，现在就变成一个在暮色苍茫中讲的童话了。黄昏时刻的那种似水柔情早已使我厌倦。我渴望抖落裹在身上的这件灰蒙蒙的外衣，但是徒劳，儿时的回忆又悄悄地向我袭来，那般清晰，那般突出，成了被黑暗包围的一个亮圈。

我竭尽全身之力要扯断这团灰色的纱线，不能让它在这荒野孤寂的山隘用无所作为的善意缠住我，使我裹足不前。

于是，我采取了决定性的一步，冲出了把我同世界隔离的走廊，同时也感到，寂静如何由一个温柔的妈妈摇身一变，成了庄重、肃穆、伟大的母亲，独一无二的母亲。

片刻之前的神秘意境，突然一下豁然开朗——并无电闪雷鸣。从四面八方把我团团围住的朦胧灰色，不再成其为灰色，根本就说不上是什么颜色了。

从谷地升起的雾，化作一朵朵云彩，飘过模糊不清的峭壁，从离我不远的地方袅袅升向高空。“明天有雨”，我脑际闪过这几个字，同时又觉得，这几个字下面掩盖着某种未曾表达，也永远无法表达出来的含义，一如藏而不露的贵重金属的矿脉，我跟这种隐含的含义，可真有着不解的缘分。

雨点也许会跟我一起降落到地上，因为随着我同寂静慢慢融合为一体，我也会变成露水、云雾、雨滴；变成石头、植物、蛇；变成数字、度量、容积；变成多维时空的交响诗。我会变成雨，飞向那有如肋骨一般兀立在谷地的松树，我会变成一滴水，随着那珠垂玉坠、喷金泼翠的飞瀑滔滔直泻谷底，带着骄阳的热气溅落在植物的幼芽上，溅落在青草的长舌上；我也能带着茫然的微笑死去，就像一滴露水常能做到的那样。

寂静一旦消逝，就会分化成上天的赋格曲的千百种声调，就像一首复杂的交响曲会分解成许多乐章和乐句。能识辨这错综复杂的旋律，是人生的大幸。我就是这样的一个幸运儿，我靠手指感受到的不是冰冷的岩石的轻轻一触，也不是飘忽的空气的气流，而是宇宙灵魂的颤抖。宇宙灵魂带着微弱而热切的簌簌声，进入了我那正希冀着它的空虚的灵魂，就如空气进入了橡皮轮胎。

宇宙灵魂飨我以玉液琼浆，它恰似深山的空气一样甘美、清醇，它已将我灌饱，滋润着我全身的每一个细胞。于是，寂静便不再是存在于我身外，存在于我周围，既不像一只驯服的狗向我摇尾乞怜，也不像一位美貌仙女因畏我而退避三舍，而是充满了我全身。于是，我便成了一座黄昏时分支撑在冰凉的圆柱上的上帝的空教堂。我觉得自己是个巨人，遮盖我心灵上那盏长明灯的薄纱缓缓揭开了，飞去了。我这个教堂里填满了高及云际的沉默的冰，充满了万物沉默的歌声，唯有隐藏得最深、最秘密的那扇大门，轻轻地吱呀一声敞开了。

在我的教堂里，在圆顶下面，聚集了一群欢乐天使，宛如通体透明的小精灵；人的心脏的每一次跳动，都是对上帝的沉默的一次打击，也是对肉体安全的一种威胁，因此，它每时每刻都在停顿着，收缩着，当它碰到露水沾湿的石头，它就会像慑于夜色的山溪那样，几乎完全沉寂下来。倘若你愿把耳朵贴在我的胸口，也许能听到它还在跳动，但它已近于停息。

马铃薯已经烤熟了——有人在喊我。这时才出现真正的洪亮的声响，有如雪崩时发出的轰鸣。受惊的寂静这才逃之夭夭。

（韩 逸 译）

作者简介

雅·伊瓦什凯维奇(1894—1980)，波兰诗人、小说家、剧作家，著有《另外的生活》《奥林匹克颂》《秋天的鞭子及其他诗歌》等。

山寂静，心寂静。寂静中凝聚着爆发的冲动，沉淀着生命的感悟。波兰作家雅·伊瓦什凯维奇在山的寂静的不同的体验中，完成了他的心路历程，也进入了希冀的宇宙灵魂之中。与其说夜宿山中，不如说是夜宿心中。

静中闹时闹亦静，作者在文章中溢漾着含蓄的思辨色彩，静并非单纯的静，而是闹中的瞬间的静，才能显现出一种自然的深刻。就像开篇所说“静的含义与和谐，都在于跟闹的对比之中”。他眼中的山的静也正是在这种对比之中体悟而出，对比之中勾勒出山的异样性格，山之静是“非人间的、超凡脱俗的静穆”。时而“压迫你”显示它的威严与崇高，时而又是“抚摸你”，童话般的细水柔情时而震撼你，显示它的庄重与伟大……使人走向那山人合一的宇宙灵魂的境界。

山的寂静首先对于作者而言是压迫式的，是伴随着强烈的恐惧感的，因为此时的作者只是山中的游客，并未触到山的灵魂。作者用化抽象为具象的手法，传神地演绎着山之静的死一般的面容，“矗立的巉岩”“无声无息地向你逼视”，垂挂下来的山峰上的冰柱锋利逼人，沉寂在天宇之间的夜晚静止的小溪，失去了生命的呼吸，就连那生机盎然的小草的草茎里透出的都是一种死亡的寂静。在“这死一般的静穆里”勉强听到的一丝水声，也只有俯身贴近山泉才可以，在静与闹的对比中，用努力听到的“闹”声来衬托出山静的气息，加深了山的震撼，作者正是在这种灰色冷漠的气氛中，隐约地感受到神圣自然的震撼，才开始了真正的心路历程，在山中沉寂的宁静之中有一种呼喊，作者并不明知，“只是一时还不能理解它的含义”，人只有在孤独安静的状态之中体会到死亡的气息的时候才会发现生命的珍贵，试图探求灵魂的真谛，直到一声“簌簌”响，山的神秘的寂静就像一本经书由“闹”声打开了，展露着山之静的内质，作者在静与闹中开始虔诚地阅读那本智慧之书，尽管只能读懂“繁星”，却是诠释了一切的字眼，作者在他的心路历程上经历了一次惊喜，唤起了心中所有的思绪，发现了山之静的姐妹——内心寂静，“忧伤的回忆，甜蜜的柔情，陡然的兴奋，转眼的冷漠”，都在山的情怀中消逝，记忆成了空白，人山开始交融，眼前显现的是通向灵魂的幽径。当作者犹豫不决的时候，山之静脱去了威严的神衣，显露出内心的温柔与伟大，像妻子一样抚摸亲吻，像母亲一样“庄重、肃穆、伟大”，山的柔美与伟大才是它的本质，在人山交融的那一刻展示了山的胸怀，像母亲对待儿子一样孕育着一颗善良的灵魂，此时，人山终于交融为一体，作者愿化作雨水，飞向松树，落入谷底，溅在青草上，即使是茫然地微笑着死去，也当作是人生的大幸，进入了上帝的天堂，完结了心路历程，在山中静闹中，在人山的交融中。

作者心中隐含的是深深的宗教情怀，甚至是殉道精神，是值得我们尊重的，尤其在这个充满诱惑的现代世界之中，我们更是需要维护一颗善良的心灵，时刻呼吸着灵魂的气息，从自然的释怀中汲取人生的动力去超越自我，完美人生。

（夏　楠）

① 起源于古波斯的琐罗亚斯德教的经书。其内容包括琐罗亚斯德教的教义、赞美诗、祈祷文、符咒和礼拜仪式、教规及一些神话。该经书用类似于梵文的阿威兹达语写成。

日本素描

［美国］威廉·福克纳

引擎早被关死。阴沉的云团向高处徐徐退远，你怎么也不会有速度之感。直到你突然瞥见了飞机的影子从蓬松的山峦急速掠过，这时，你才感到了速度，看飞机和它的影子没命地相互追逐，样子像是执意想头碰头地一起撞毁。

窜出云层，飞机再一次往下抛出自己的影子，这一次是一个岛上了。它看着像陆地，与机窗外任何初见的陆地相仿，不过你总明白这是岛屿，似乎你一睁眼就看见了它夺目的、让海怀抱的两肋，看幻灯片似的清晰。这远比在旷然的大海发现威克岛，甚至关岛，有更多奇迹般的快意。终究这里坐落着一个文明的，富于风化纲纪的，源远流长的人类同质体。

它看得见，听得到，讲得出，也写得下：这人与人的交流，是用话说得出的；你听得到，也看得见。但到了我这个西方人的眼睛中耳朵里，这种交流就是对牛弹琴了，因为它与我眼睛平时所习见的风马牛不相及；也找不到衡量它的尺度，没哪样好让记忆和习惯含糊其辞：“喔，这好像是那个表示房子、家庭或幸福的词”；这交流不仅玄奥，而且简直是藏头诗，似乎噼里啪啦的字符、音节不光贮存着信息，还蕴藉着更关键、更迫切的意义，指点着某种终极智慧，或者寄托了人类救赎的玄机的知识。那么，就让我浅尝辄止吧。西方人的记忆里没有打量它的规尺；既然没有倾听的心灵，就让耳朵去收听这些叽里喳啦、呜里哇啦吧，像听孩子们嘴里鸟儿的啼唤，女人、少女嘴里哼出的音乐。

这些脸：凡高和莫奈一定会一见倾心的：它们是朝圣者拄着圣杖，肩着被席，面蒙奔波的灰垢，迎晨曦向神庙拾级攀登的那种；那夹袍卷到大腿根的俗家弟子，也许是帮佣罢，蹲在寺院门前，等着敲开，或已经敲开这一天的日子——他这样的脸；也是在门下兜售花生、让游客去喂鸽子的老妇的脸：一张倦于挨日子，倦于搜索过去的脸，似乎一生太仓促，每一呼吸的吐纳都是急需，好让连绵的细皱纹来得及蚀刻她的脸；这经久耐磨的脸，现在竟成了她的慰藉，终于能将种种伤痛哀愁拦在它的背后，逍遥于心死意灰，丧夫失子，苦度挨熬的尘念俗意之上：总算有个从没读过福克纳的人了，不知道！也不在乎他来日本干吗，至于他对海明威的看法什么的，更是屁也不想放一个。

他，忙得来不及操心自己是否幸福。那个脏劲！他有五岁了吧，可看来与自己的过去毫无联系，显然跟爹妈也是毫无联系的，只自顾自在阴沟里玩扔下的烟头。

群山怀中的湖面上，刮着凛凛的劲风，像在大风口似的；有那么一阵，我们揣想，收起主桅上的帆篷已为时过晚：可其实还来得及呢。这只是一艘小艇，但在西方人眼里，它俨然是中国平底船，经得住风浪，硬是跟别的船不一样，由美式舱外发动机推助。舱里，油纸伞下，女人裹在和服中。如果是在阳光明媚的泰晤士河上，这样的伞将毫不起眼，可这是在疾风夹裹下的湛蓝的湖中央，它的脆弱与刚强，就宛若台风旋涡中的一只蝴蝶。

艺妓的发髻墨云般黑亮，头盔般扣上她厚施脂粉的脸，又像近卫军的高顶熊皮帽，威临、加冕在这娇弱的身子那有分寸的、仪式般的姿势上，它的沉重叫人替她娇嫩的脖子捏一把汗。这涂画而成的脸，板着，冰封了一切表情，甚至超然于一切训练有素的矫揉造作：粉盖，死样的面具后面掩藏了某种迅捷、活泼和机灵：甚或不止机灵：俏皮：甚或还不止俏皮：冷嘲热讽，一种善演喜剧的天赋，可是这还不止：善演滑稽戏，善作讽刺画：为了挖空心思，不择手段地向人类报复。

和服。它罩住了从喉咙到脚踝的一切，人插进里面像插一朵花那样有女人味，这女人味或许还像放孩子进摇篮。手是可以裹在双袖中的，那时，全身就似一只完整的圣杯，其谦卑，昭示着它的女人味，在这一种女人味中，裸体也仅能展示哺乳动物的雌性而已。这样的谦卑招摇着它的桀骜不驯，似玉指轻弹粉红的玫瑰，抛下阳台窗下——这谦卑，还有什么能比它更高傲的呢，难怪它是女人最贴心的财产；她当能用生命来捍卫它。

忠诚。衬衣和裙子这样的西式服装，让她成了无处着墨的年轻的矮胖女人；然后，裹在和服里，她熟巧稳定的快速碎步，显然也让她走进了女性魅力的遗产中她自己的那一份。当然她还能分享得更多。她还分享了这块土地上女人的其他品格，这些品格并不是通过衣服而赋予她们的：忠诚，坚贞，守信，不图回报——至少人们希望如此。她不会讲我的语言，我也不会她的。可两天后，她晓得我有天一亮就睡不着的乡下人习惯，于是，以后每天清晨睡眼初开，就见到阳台桌上已经端放的咖啡托盘；她知道我散步回来爱在空气新鲜的房里用早餐，于是一切就绪：那一天的房间已准备好，桌子收拾干净了，晨报等待主人去读；她无言地问我今天为何没有衣服要送洗，无言地征得我的同意给我钉纽扣儿，补袜子；她管我叫聪明人、老师，背后与别人谈起我，我又两者都不是了。她因我作了她的房东而自豪，但愿由于我全力争取不辜负她那份自豪，用礼貌去愧对她的忠诚，能称了她的意。这块国土上多的是散漫的忠诚，于是，她这样的忠诚，即使一点点，也是忽视不得的。但愿所有的忠诚各得其所，至少也能被人珍惜，像我努力去做的那样。

这一方稻田与我在本土看到的稻田一模一样，阿肯色斯，密西西比，路易斯安那都有，不过那儿经常与棉花套种。这一块要更小一些，种得也密集得多，就这样它一直延伸到那行长在灌溉渠边的豆垅。这里手工做的事在我们那儿是让机器代劳的，我们那儿机器比人多；自然是一样的，不同的是经济。

连名字也有相同的：乔纳生，瓦因什普，迪里修斯；八月稠密的浓叶被农药喷成灰暗，用药也是我们那种。到此，相同之处戛然而止：裹在纸卷里的苹果缀满枝头，终于，整棵树在西方人的眼中顿时生辉，像西方仪礼中那棵圣诞树那么富于象征性，富于欢庆和礼节意义。只是这树还更意味深长：西方人一家一树，常常很做作，活活地从泥里拔来，用节日里讲究的小玩意儿来装点，然后让它干死，似乎树并不是礼俗的主人公，而是祭坛上的牺牲品；可是这里，不是一户一树，而是所有的树都得到修剪打扮，它们礼赞着比基督更古老的神——得墨忒耳，刻瑞斯两位谷物女神。

旅程已接近终点，让我更简洁、明快点儿吧：黄菊花，一如密西西比的黄菊花，总勾起人对泥土、秋日和干草热的思念；它们有高高的竹篱笆映衬。

景色美丽，人的面孔更美丽。

年轻姑娘的鞠躬轻盈柔顺，有的是恰到好处的优雅，同样姿势的平身，使满脸徒增红光，柔中之刚，比这个严整的文化所允许她的，要多得多，真像柳枝之于劲风，后者的威严充其量也只能逞一逞能而已。

他们手中的工具令人想起诺亚营造方舟的那种，可房子骨架的搭起、支撑，都用不着榫合处的钉子，甚至在其他地方也彻底不用钉子，不知是哪路魔法，连对付着弄个栖身之所还能生出这般艺术，这些精工巧思，我们西方人的先辈想必有过，定是在不断的迁徙途中失传了。

总是水呀水的，水声、水花和水滴声，看样子，这是一个尊奉水的民族了，就像有的民族，尊奉着被他们称为命运的那种东西。

人民善良的呀，你客人走南闯北，三个字可打发："多务魔"(多关照)，"撒凯"(酒)，"阿里嘎多务"(谢谢)。还剩最后一句话：

明天此时，飞机就要起飞了；再一会儿，它的摆脚轮将挣脱地面，未及收起轮子，飞机就会死命地掩着自己的影子钻进云层，穿过它，这片土地，这方岛屿将不见了踪影，但虽说眼睛将不再忆及，心里，却会永远记起。"沙扬那拉"。

（陶乃侃 陆兴华 译）

作者简介

威廉·福克纳(1897—1962),美国小说家、诗人和剧作家，1949年获诺贝尔文学奖，著有《声音与疯狂》等。

在这篇散文作品《日本素描》中，和小说作品的凝重不同，福克纳流露出了不多见的另一面，像是一个偶然外出的旅行者，用对异域文化的好奇的眼光观察着这个陌生的国度。在浅浅的凝神之间，他写下自己的收获，但是似乎又担心所说的和真实的境况有所不符，所以始终忘不了自己这种外来者的身份，始终轻言细语，温和平静。这成了本文的一种语言的特色，也带给人别样的审美体验。

从第一段飞机降落时那种期待和好奇写起，福克纳已经开始说明自己观察这种异质文化时的角度。他来到日本感到"奇迹般的快意"，但是作为一个深沉的大师级作家，他又绝不会像一般的游客那样仅仅被风光所吸引，马上开始关心这个国度的文明、风化，开始想到这是和自己所处的文明一样的一个“人类同质体”。

他对完全听不懂的语言深感新奇，即刻联想到语言与人类文明传承的关系问题，觉得在这样的交流中不同的人也在沟通心意，忽然就有所敬畏，不去妄自评价，只是很忠实地描述自己的陌生感，然后说“找不到衡量它的尺度”，应该像听音乐一样来聆听它。

从听觉的冲击到了视觉的震撼，异域文明的一切都是天然的画卷。不同种族、不同信仰，福克纳感觉到这一切如此强烈地印在脑海中，如果手中有支画笔，一定可以成为印象派的佳作。你看，各种各样的脸庞、衣着、动作，让福克纳在这样的人群中忘却了累人的名声，“总算有个从没读过福克纳的人了”，心态也放松下来，全然把观察、描画眼前的一切视为最重要的。

福克纳那种对女性的特别关注也体现在这篇散文中。即使是到了完全不同的文明形态中，女性也首先是他描摹的对象。日本最具代表性的艺妓当然首当其冲，作者在这里连用了多个冒号，就像是剥鲜笋一样，一层一层，层层推进，使得描写十分精当到位。这是素描画中的关键几笔，线条陡然清晰起来，使整个形象形成一种气势。

外在的装束何等特别，发髻如头盔，涂画而成的脸，“粉盖，死样的面具”，写到日本独特的服饰——和服，当然也是以女性的和服为对象。不仅是描摹，而是细写与和服相伴相生的女人味，福克纳写到，当女人穿上和服，“全身就似一只完整的圣杯，其谦卑，昭示着它的女人味”，这种比喻何等恰当！赋予了这种服饰更深层的与生存体验相关的意义。福克纳把它意象化为谦卑、不驯、“熟巧稳定”等意义，让衣随人而有韵，人因衣而气定。这也是在他的笔下所呈现的某种东方美。仅有物质的描画，这幅素描还不生动，福克纳专门细笔写了所见的一位温顺、体贴、细致、礼貌的女性，虽然只是淡淡地讲她为他所做的小事，但是可以看出作者对这种女性美的充分的欣赏。

写艺妓、和服、忠诚的三个段落结构是环环相扣的，从外入里，将看到的人和日本的文化纲纪逐渐展现了出来。可以看出，福克纳在面对异域文化的时候，保持了自觉，是那种认识到自己对世界认识的有限性的自觉，这是一个大师在文明面前的谦卑。所以，读这篇散文不仅让人体会到含而不露的文字的韵味，欣赏到这幅以跨文明视角画就的别致的素描，同时，也让人对大师的胸怀肃然起敬。

（张华）

克拉克河谷怀旧

［美国］海明威

夏末，大鳟鱼告别了上游的水坑，游到了溪河中央，正要顺流而下，到大峡谷的深水里过冬。因此，九月的头二周，正是垂钓的好时节。此地的鳟鱼肥壮、滑嫩、亮光光的。几乎所有的鳟鱼都跳着咬钩。你要是放两把鱼钩，多半能同时钓着两尾鳟鱼。要在湍急的溪流中摆弄好上了钩的鱼，那技巧就不能是一般的娴熟。

夜凉如冰。你若在半夜醒来，会听见郊狼的嚎声。白天，你不必过早到溪边去。一夜的寒风吹彻了溪水。太阳要几近止午才能照到溪河上。只有到那时，鳟鱼才肯出来捕食。

清晨，你可以骑马到野外溜达溜达，要不，就坐在小屋前，任阳光照在身上，慵懒地远眺河谷对岸。那儿，饲草割了，草地一片萎黄，在一排颤杨映衬下，平平展展的。这会儿到了秋天，颤杨也黄了。远方，起伏的群山上，鼠尾草一片银灰色。

河的上游，耸立着两座山峰：引航峰和二指峰。月底，我们可以到那儿去猎山羊。你坐在阳光里，心里惊叹着，群山远远望去竟有如此端正的形状：线条清晰，轮廓分明。于是，你记起了从遥远的地方望到的山影。这情景不同于你停车地方的嶙峋的山崖，不同于你跨过的起伏不平的滑岩，也不同于那突出的狭长的石块。你汗涔涔地从这块通到山峰后面的石头上摸行着，不敢朝下边望一眼；你绕过线条圆滑而规则的山峰，来到一片空地上。下边，山腰上有一块绿草茵茵的凹地。一只老公羊正带着三只小公羊在凹地上的野林里吃草。

老公羊一身紫灰，只有臀部是白色的，它抬起头时，你能看见它头上的那对犄角又大又厚实。你躺在三里外的一块背风的岩石后面，用一副蔡斯望远镜细细搜寻着这高地上的每一寸风光。当你望着碧油油的野桧丛时，老公羊暴露在你的视线里的，正是它臀部的那撮白毛。

这会，你坐在小屋前面。我还记得朝山下射去的子弹。小公羊们直起身子，转过头来注视着老公羊，等着它站起来。它们看不见高处的你，也没有嗅出你的气味。枪声没有惊动它们，它们以为只是又滚下去了一块卵石。

曾记当年，我们在林溪的源头盖了一间木屋。我们每次外出，大灰熊总是撞开了屋门。那年的雪姗姗来迟，这头熊因此迟迟不肯冬眠。整个秋天，它不是扯开木屋的门，就是毁坏陷阱。它精明绝顶，白天，你断不会见到它。你还记得，后来，小锤溪溪头的高地上，来了三头大灰熊。你听到木头断裂的声音，以为母麋在奔跑。跟着，它们出现在眼前，在零零碎碎的日影里，偷偷地、轻悠悠地跑着；下午的太阳照在它们身上，短而硬的鬃毛闪烁着柔和的银光。

你记得，秋天，麋鹿一天天肥胖起来；公牛离你那么近，它抬头时，你能看到它胸脯肌肉的起伏。但是，你仍看不见它藏在密林中的头。你听到了深沉而高亢的叫声，听见了山谷那边的应和声。你想起了你放弃的一只只畜生的头；你没有朝它们开枪。它们全令你心旷神怡。

你记得那些初学骑马的孩子们；不同的马，不同的骑法。他们是那么热爱着这片乡村。你记得最初踏上这块土地时的情形。那年，你开着新买的平生第一辆车来这儿，一下呆了四个多月；因为，你得等沼泽地上的路冻得结结实实，车子才能开出去。你该没忘记：一次次的狩猎，一次次的垂钓；该没忘记烈日下的策马扬鞭，还有灰蒙蒙的货车车厢。在寒意袭人的深秋，你骑着马，默默地跟在牛群的后面，朝高坡上走去；你发觉，它们像野鹿一样，既狂蹦乱窜，又温顺恬静；只是当它们全被聚拢在一起，朝山下低矮的田野赶去的时候，才高声嘶喊咆哮起来。

然后，就到冬天。树枝上光秃秃的。大雪漫天飞舞，你看不见路；马鞍湿了，结了一层冰，你照样在雪地上踏出一条道儿，不停地挪动着双腿，朝山下走去。你到了牧场，一边品尝着撩人的、热乎乎的威士忌，一边在旺烈的炉火旁换上干净衣服。乡村真美。

（晓 风 译）

作者简介

海明威（1899—1961），美国记者、作家，著有《老人与海》《太阳照样升起》《永别了，武器》等。1954 年获诺贝尔文学奖。

海明威作为美国作家“迷惘的一代”的代表，他笔下战争的惨烈和荒诞，战后西方资本主义社会的道德沦丧和精神崩溃，“硬汉”的形象以及豪饮、钓鱼、滑雪、打猎、拳击、斗牛的潇洒人生，以“冰山”为象征的深沉含蓄的艺术风格和简洁明快的散文语言，都成为我们抹不去的记忆。

写景散文《克拉克河谷怀旧》延续了海明威经典的简明清新的行文风格。从夏末到冬天，克拉克河谷的一切都那么自然而迷人。读罢，便觉得如临其境，如沐春风。清清爽爽的文章，自内透出自然美的风韵。

简明而富有活力的语言成就了文章清新朴面的气质。文章首段用“跳”字形容鳟鱼咬钩的情景，使人似乎能看到那“肥壮、滑嫩、亮光光”的身子跃出水面的弧线，又能听见它拍打水面的清脆声响，简单的一个动词就涵盖了垂钓的无限乐趣。

第二人称“你”的使用迅速拉近了读者和作者的距离。似乎这文章专门为你而作，而你也情不自禁地为钓到肥硕的鳟鱼而欣喜若狂；为爬过山峰而战战兢兢、手心出汗；为望远镜中看到的老公羊臀部的白毛而偷笑；为迟迟不肯冬眠、总是来搞破坏的大灰熊的聪明绝顶而感慨；为林中隐藏的公牛的高亢应和而心旷神怡；为撩人的、热乎乎的威士忌而由衷赞叹……于是，你就在克拉克河谷。

文中流露出的自然闲适的心境将怀旧的美感推向了极致，也最是令人向往。“任阳光照在身上，慵懒地远眺河谷对岸”，就是在这种“采菊东篱下，悠然见南山”的自然恬静之中，旧日的克拉克河谷浮现在眼前，一种难以名状的幸福也浸润心头。只需静静看那萎黄平展的草地、轮廓分明的远山，看那老公羊带着三只小公羊悠悠地在野林里吃草，看那大灰熊在零零碎碎的日影里偷偷地、轻悠悠地跑，短而硬的鬃毛闪烁着柔和的银光，看那公牛的胸肌起伏，这一幅幅的剪影不经意就勾起了你对自然之美和往昔之美的怀恋。一次次的狩猎，一次次的垂钓，烈日下策马扬鞭，飞雪中踏出山道，作者和学骑马的孩子一样，“那么热爱着这片乡村”。

温暖的火炉烘干了衣服，撩人的威士忌灼热了心肺，作者再也忍不住，说一声“乡村真美”，还是这么简洁的语言，甚至连个感叹号都没有，全文戛然而止，却在平静之中留下了一片的美不胜收的风景和挥之不去的旧日情怀。

（杨 莹）

花未眠

［日本］川端康成

我常常不可思议地思考一些微不足道的问题。昨日一来到热海的旅馆，旅馆的人拿来了与壁龛里的花不同的海棠花。我太劳顿，早早就入睡了。凌晨四点醒来，发现海棠花未眠。

发现花未眠，我大吃一惊。有葫芦花和夜来香，也有牵牛花和合欢花，这些花差不多都是昼夜绽放的。花在夜间是不眠的。这是众所周知的事。可我仿佛才明白过来。凌晨四点凝视海棠花，更觉得它美极了。它盛放，含有一种哀伤的美。

花未眠这众所周知的事，忽然成了新发现花的机缘。自然的美是无限的。人感受到的美却是有限的。正因为人感受美的能力是有限的。所以说人感受到的美是有限的，自然的美是无限的。至少人的一生中感受到的美是有限的。是很有限的。这是我的实际感受，也是我的感叹。人感受美的能力，既不是与时代同步前进，也不是伴随年龄而增长。凌晨四点的海棠花，应该说也是难能可贵的。如果说，一朵花很美，那么，我有时就会不由自主地自语道：要活下去！

画家雷诺阿说：只要有点进步，那就是进一步接近死亡，这是多么凄惨啊。他又说：我相信我还在进步。这是他临终的话。米开朗琪罗[1]临终的话也是：事物好不容易如愿表现出来的时候，也就是死亡。米开朗琪罗享年八十九岁。我喜欢他的用石膏套制的脸型。

毋宁说，感受美的能力，发展到一定程度是比较容易的。光凭头脑想象是困难的。美是邂逅所得，是亲近所得。这是需要反复陶冶的。比如唯一一件的古美术作品，成了美的启迪，成了美的开光[2]，这种情况确是很多。所以说，一朵花也是好的。

凝视着壁龛里摆着的一朵插花，我心里想道：与这同样的花自然开放的时候，我会这样仔细凝视它吗？只摘了一朵花插入花瓶，摆在壁龛里，我才凝神注视它。不仅限于花。就说文学吧，今天的小说家如同今天的歌人一样，一般都不怎么认真观察自然。大概认真观察的机会很少吧。壁龛里插上一朵花，要再挂上一幅花的画。这画的美，不亚于真花的当然不多。在这种情况下，要是画作拙劣，那么，真花就更加显得美。就算画中花很美，可真花的美仍然是很显眼的。然而，我们仔细观赏画中花，却不怎么留心欣赏真的花。

李迪、钱舜举也好，宗达、光琳、御舟以及古径也好，许多时候我们是从他们描绘的花画中领略到真花的美。不仅限于花。最近我在书桌上摆上两件小青铜像，一件是罗丹创作的《女人的手》，一件是玛伊约尔[3]创作的《勒达像》[4]。光这两件作品也能看出罗丹和玛伊约尔的风格是迥然不同的。从罗丹的作品中可以体味到各种的手势，从玛伊约尔的作品中则可以领略到女人的肌肤。他们观察之仔细，不禁让人惊讶。

我家的狗产崽，小狗东倒西歪地迈步的时候，看见一只小狗的小小形象，我吓了一跳。因为它的形象和某种东西一模一样。我发觉原来它和宗达所画的小狗很相似。那是宗达水墨画中的一只在春草上的小狗的形象。我家喂养的是杂种狗，算不上什么好狗，但我深深理解宗达高尚的写实精神。

去年岁暮，我在京都观赏晚霞，就觉得它同长次郎[5]使用的红色一模一样。我以前曾看见过长次郎制造的称之为夕暮的名茶碗。这只茶碗的黄色带红釉子，的确是日本黄昏的天色，它渗透到我的心中。我是在京都仰望真正的天空才想起茶碗来的。观赏这只茶碗的时候，我不由地浮现出坂本繁二郎的画来。那是一幅小画。画的是在荒原寂寞村庄的黄昏天空上，泛起破碎而蓬乱的十字形云彩。这的确是日本黄昏的天色，它渗入我的心。坂本繁二郎画的霞彩，同长次郎制造的茶碗的颜色，都是日本色彩。在日暮时分的京都，我也想起了这幅画。于是，繁二郎的画、长次郎的茶碗和真正黄昏的天空，三者在我心中相互呼应，显得更美了。

那时候，我去本能寺拜谒浦上玉堂的墓，归途正是黄昏。翌日，我去岚山观赏赖山阳刻的玉堂碑。由于是冬天，没有人到岚山来参观。可我却第一次发现了岚山的美。以前我也曾来过几次，作为一般的名胜，我没有很好地欣赏它的美。岚山总是美的。自然总是美的。不过，有时候，这种美只是某些人看到罢了。

我之发现花未眠，大概也是由于我独自住在旅馆里，凌晨四时就醒来的缘故吧。

（佚　名　译）

作者简介

川端康成（1899—1972），日本新感觉派作家、著名小说家，著有《伊豆的舞女》《雪国》《千只鹤》等。1968年获诺贝尔文学奖。

“自然的美是无限的。人感受到的美却是有限的。”人生短暂，以有限比之于无限往往显出人的渺小、无力、单薄；而曾获诺贝尔文学奖的日本著名作家川端康成对美的追求却可谓是无限的。他的散文《花未眠》一文传达给我们的就是这种“无限”的感受。它动人，也让人清醒，那是用心灵感知的对自然、生命的观照，那是真正的对美的追求，朴实无华。它伟大，深沉，厚重。

在《花未眠》中，川端先生以含蓄的文辞，在平静中给人以美，给人以感动。文章丝毫没有华美辞藻的堆砌，没有主观情感的意象，却带领我们进入一种深邃的禅思意境，去追寻，去体味那份不同寻常的美。

“美是邂逅所得”，在于一份“机缘”。作家偶然一次在旅馆中“凌晨四点醒来，发现海棠花未眠”，这便成了对于花的美的重新认识和思考的起点。海棠花凌晨四点盛放，作者于凝视中“觉得它美极了”。川端先生用“禅”的体验，于“机缘”中去发现美，感悟美。因为人感受美的能力是有限的，“既不是与时代同步前进，也不是伴随年龄而增长”，所以说，“至少人的一生中感受到的美”是“很有限的”。因此，作家觉得由发现海棠花未眠而重新发现花的美，花的生命和活力，“也是难能可贵的”，“有时就会不由自主地自语道：‘要活下去！’”用有限的生命去实现对无限的美的感受和追求。

“美是亲近所得”，发现美在于“机缘”，而这份“机缘”同样在于追求，在于“反复陶冶”，在于对自然生命美的用心观照和发现。作家接下来谈到真花和画中花的不同的美，在一些知名画家描绘的画中“领略到真花的美”；谈到罗丹、玛伊约尔的雕塑与真的手、皮肤的相关，“他们观察之仔细，不禁让人惊讶”；谈到宗达所画的狗与自家狗的相似，“深深理解宗达高尚的写实精神”；最后谈到繁二郎的画、长次郎的茶碗和黄昏天空的水乳交融，“三者在我心中相互呼应，显得更美了”。作家写的这些知名艺术家的共同之处在于他们拥有一双正视自然美的眼睛，用心将自然之美融于作品中，崇尚富有生命力的自然之美，而这也正是作家毕生之追求，灵魂之希冀。

融入了自我灵魂的文章，它的感情便渗入文章的肌骨，也渗入看文章人的心中。只是对美的朴实的描述，只是平缓的语气如慈祥的祖父，只是……似乎已可以让人读得泪流。这就是伟大灵魂铸就的文章，没有浮华绮丽，少有高起低去，就那么凄淡的，却又回味着。文字间飘荡着一种若有若无的佛性，让人可以静心地看，不忍释手，不是震撼却又留思久绕。

川端先生追求了一生，追寻“美”的所在与真谛。正如他文中引用伟大的艺术家米开朗琪罗临终之语：“事物好不容易如愿表现出来的时候，也就是死亡。”川端或许正是完成了他对“美”的追寻，实现了“顿悟”而“如愿表现出来”。因此，他对美的追寻的旅途可以结束了，于是他用“美”来将它完结，在73岁上他毫无留恋地结束了自己的生命。

花未眠，人已逝，思无限。

（吕菲菲）

① 米开朗琪罗（1475—1564），意大利文艺复兴时期最大的艺术家之一，擅长雕刻、绘画等。
② 佛语，谓佛像开眼之光明，亦称“开眼”。
③ 玛伊约尔（1861—1944），法国雕刻家。
④ 希腊神话中斯巴达国国王之妻。
⑤ 田中长次郎（1516—1592），日本素陶制品的鼻祖。

远和近

［美国］托·沃尔夫

一个小镇，坐落在一个从铁路线连绵而来的高地上。它的郊外，有一座明净整洁装有绿色百叶窗的小屋。小屋一边，有一个园子，整齐地划成一块块，种着蔬菜。还有一架葡萄棚，到了八月底，葡萄就会成熟。屋前有三棵大橡树，每到夏天，大片整齐的树荫，就会遮蔽这座小屋。另一边则是一个鲜花盛开的花坛。这一切，充满着整洁、繁盛、朴素的舒适气氛。

每天下午两点过几分，两个城市间的特快列车驶过这里。那时候，长长的列车要在镇上附近暂停一下，然后又平稳地起步前进，但是它的速度还没有开足时那么惊人。在机车有力的掣动下，眼看它不慌不忙地从容驶去，沉重的车厢压在铁轨上，发出低沉和谐的隆隆声，然后消失在弯道中。在一段时间里，在草原的边缘上，每隔一定间距，汽笛吼叫，喷出一圈圈浓烟，可以感觉到列车行驶的痕迹。最后，什么也听不见了，只剩那车轮的坚实的轧轧声，在午后的寂静中悄然隐去。

二十多年来，每天，当列车驶近小屋时，司机总要拉响汽笛。每天，一个妇人一听到鸣笛，便从小屋的后门出来向他挥手致意。当初她有一个小孩缠着她的裙子，现在这孩子已长成大姑娘，也每天和她母亲一起出来挥手致意。

司机多年操劳，已经白发苍苍，渐渐变老了。他驾驶长长的列车载着旅客横贯大地已上万次。他自己的子女都已长大了，结婚了。他曾四次在他面前的铁轨上看到了可怕的悲剧所凝聚的小点，像颗炮弹似的射向火车头前的恐怖的阴影——一辆满载小孩子的轻便马车和密密一排惊慌失措的小脸；一辆廉价汽车停在铁轨上，里面坐着吓得目瞪口呆状若木鸡的人们；一个又老又聋的憔悴的流浪汉，沿着铁路走着，听不到汽笛鸣声；一个带着惊呼的人影掠过他的窗口——所有这些，司机都历历在目，记忆犹新。他懂得一个人所能懂得的种种悲哀、欢乐、危险和辛劳。他那可敬的工作，仿佛风刀霜剑，在他脸上刻下了皱纹。现在，他虽已年老，但在长期工作中养成了忠诚、勇敢和谦逊的品质，并获得了司机们应有的崇高和智慧。

但不管他见识过多少危险和悲剧，那座小屋，那两个妇女用勇敢从容的动作向他挥手致意的景象，始终印在他的心里，看作美丽、不朽、万劫不变和始终如一的象征，纵使灾难、悲哀和邪恶，可能打破他的铁的生活规律。

他一看到小屋和两个妇女，使他感到从未有过的非凡幸福。一千次的阴晴明晦，一百次的风雷雨雪，他总是看到她们。通过冬天严峻单调的灰蒙蒙的光线，穿过褐色冰封的茬地，他看见她们；在妖艳诱人的绿色的四月里，他又看见她们。

他感到她们和她们所住的小屋无限亲切，好像父母对于自己的子女一样。终于，他觉得她们生活的图画已深深地印在他的心中，因而他完全了解她们一天中每时每刻的生活。他决定，一旦他退休了，他一定要去找她们，最后要和她们畅谈生平，因为她们的生活已经和他自己的生活深深交融在一起了。

这一天终于来到了。最后，司机在她们居住的小镇的车站下了车，走到月台上。他在铁路上工作的年限已经到了。他目前是公司领取养老金的人，没有工作要做了。司机慢慢地走出车站，来到小镇的街上。但所有的东西对他来说都是陌生的，好像他从未看到过这小镇似的。他走着走着，渐渐感到迷惑与慌乱。这就是他经过千万次的小镇吗？这些是他从高高的车厢窗口老是看见的房子吗？一切是那么陌生，使他那么不安，好像梦中的城市似的。他越向前行，他的心里越是疑虑重重。

现在，房屋渐渐变成小镇外疏疏落落的村舍，大街也渐渐冷落，变成一条乡村的小路——两个妇女就住在其中一所村舍里。司机在闷热和尘埃中沉重地慢慢走着，最后他站在他要找寻的房屋前面。他立刻知道他已经找对了。他看到了那屋前高大的橡树，那花坛，那菜园和葡萄棚，再远，那铁轨的闪光。

不错，这是他要找寻的房子，这地方他经过了不知有多少次，这是他梦寐以求的幸福的目的地。现在，他找到了，他到了这里，但他的手为什么在门前却抖了起来？为什么这小镇、这小路、这田地，以及他所眷恋的小屋的门口，变得如此陌生，好像恶梦中的景物？为什么他会感到惆怅、疑虑和失望？

他终于进了大门，慢慢沿着小径走去。不一会儿，他踏上通向门廊的三步石级，敲了敲门。一会儿，他听到客厅的脚步声，门开了，一个妇女站在他面前。

霎时，他感到很大的失望和懊丧，深悔来此一行。他立刻看出站在他面前用怀疑的眼光瞧他的妇人，正是那个向他千万次挥手致意的人。但是她的脸严峻、枯萎、消瘦；她那皮肤憔悴、灰黄，松弛地打成褶皱；她那双小眼睛，惊疑不定地盯着他。原先，他从她那挥手的姿态所想象的勇敢、坦率、深情，在看到她和听到她冷冷的声音后，刹那间一股脑儿消失了。

而现在，他向她解释他是谁和他的来意时，他自己的声音听来却变得虚伪，勉强了。但他还是结结巴巴地说下去，拼命把他心中涌出来的悔恨、迷惑和怀疑抑制下去，忘却他过去的一切欢乐，把他的希望和爱慕的行为视同一种耻辱。

最后，那妇人十分勉强地请他进了屋子，尖声粗声地喊着她的女儿。在一段短短的痛苦的时间里，司机坐在一间难看的小客厅里，打算和她们攀谈，而那两个女人却带着迷茫的敌意和阴沉、畏怯、抑郁、迟钝的眼光瞪着他。

最后他结结巴巴生硬地和她们道别。他从小径出来沿着大路朝小镇走去。他忽然意识到他是一个老人了。他的心，过去望着熟悉的铁路远景时，何等勇敢和自信。现在，当他看到这块陌生的，不可意料的，永远近在咫尺、从未见过、从不知悉的土地，他的心因疑惧而衰竭了。他知道一切有关迷途获得光明的神话，闪光的铁路的远景，希望的美好小天地中的幻想之地，都已一去不复返了，永不再来了。

（万　紫译）

作者简介

托·沃尔夫（1900—1938），美国作家，著有《天使，望故乡》《时间与河流》《网与石》等。

当我们跳脱尘世的羁绊，把世间万物摆在一种距离以外去看，往往会看到意想不到的美丽。这种“距离”如此微妙，太远了你会看不到美景，太近了美丽却又会烟消云散。美国作家托·沃尔夫在他的散文《远和近》中所讲的就是这样一个道理。

驾驶着列车，二十几年如一日地往返于同一条铁轨上，这该是多么乏味的工作。然而，列车司机却透过驾驶室的窗口，发现了他梦寐以求的幸福目的地：在远处的一座明净整洁装着绿色百叶窗的小屋外，一对勇敢、坦率、深情的母女千万次地向他挥手致意，不论阴晴明晦，不管风雷雨雪。正是这座小屋和这对母女，给司机枯燥乏味的生活带来了一抹幸福的亮色。在司机的心目中，这对素不相识的母女俨然成为他熟悉而亲切的知心好友，是“美丽、不朽、万劫不变和始终如一的象征”。

在这种幸福感的“蛊惑”下，司机满怀憧憬地踏上了通往小屋的乡村小路。当他终于置身于小镇之中，却不禁发出了这样的疑问——“这就是他经过千万次的小镇吗？这些是他从高高的车厢窗口老是看见的房子吗？”司机本应该掉过头去马上离开，但他终于还是敲响了小屋的门。当皮肤灰黄松弛的妇女用充满敌意的眼光瞪着司机时，司机与他的“幸福”之间的距离彻底消失了，也正是在这一刻，这对曾经“无限亲切”的母女彻底变成了陌生人。

隔着空间与时间，我们发现美丽。远处的山，远处的海，牵动着我们的幻想。昔日的人，昔日的事，温暖着我们的记忆。若是亲自去爬山，寒风或骄阳怕是会毫不留情地撕碎山的美丽；若是亲自去看海，夹着鱼腥味儿的海风怕是要让海的美丽大打折扣。谁愿见到昔日红颜化作苍老？谁愿再睹旧日故事的真实面貌？隔着空间与时间，美丽才能完好如初。

让我们学着做一个智慧的人，站在距离之外，欣赏尘世的美丽。

（李欣蔓）

巨人树

［美国］约翰·斯坦倍克

我在巨人树[1]身边过了两天。这儿没有旅客，没有带着照相机的吵闹的人群，只有一种大教堂式的肃穆。也许是那厚厚的软树皮吸收了声音造成这寂静的吧！巨人树耸立着，直达天顶，看不到地平线。黎明来得很早；一直保持黎明时的样子直到太阳升得老高，辽远天空中的羊齿植物般的绿叶才把阳光过滤成金绿色，分作一道道、一片片的光和影。太阳刚过天顶，便是下午了，紧接着黄昏也到了。黄昏带来一片悄语的阴影，跟上午一样，很漫长。

这样，时间变了，平时的早午晚划分也变了。我一向认为黎明和黄昏是安静的。在这儿，在这座水杉林里，整天都很安静。鸟儿在朦胧的光影中飞动，在片片阳光里穿梭，像点点火花，却很少喧哗。脚下是一片积聚了两千多年的针叶铺成的垫子。在这厚实的绒毯上听不见脚步声。我在这儿有一种远离尘世的隐居感。在这儿人们都凝神屏气不敢说话，生怕惊扰了什么——怕惊扰了什么呢？我从孩提时代起，就觉得树林里有某种东西在活动——某种我所不理解的东西。这似乎淡忘了的感觉立即回到我的心里。

夜黑得很深沉，头顶上只有一小块灰白和偶然的一颗星星。黑暗里有一种呼吸，因为这些控制了白天，占有了黑夜的巨灵是活的，有存在，有感觉，在它们深处的知觉里或许能彼此交感！我和这类东西（奇怪，我总无法把它们叫作树）来往了大半辈子。我从小就赤裸裸地接触它们。我能懂得它们——它们的强力和古老。但是没有经验的人类到这儿来却感到不安。他们怕危险，怕被关闭、封锁起来，怕抵抗不了那过分强大的力。他们害怕，不但因为水杉的巨大，而且因为它们的奇特。怎能不害怕呢？这些树是上侏罗纪的一个品种的最后孑遗，那是在遥远的地质年代里，那时水杉曾蓬勃繁衍在四个大陆之上。人们发现过白垩纪初期的这种古代植物的化石。它们在第三纪始新世和第三纪中新世曾覆盖了整个英格兰、欧洲和美洲。可是冰河来了，巨人树无可挽回地绝灭了，只有这一片树林幸存下来。这是个令人目眩神骇的纪念品，纪念着地球洪荒时代的形象。在踏进森林去时，巨人树是否提醒了我们：人类在这个古老的世界上还是乳臭未干，十分稚嫩的，这才使我们不安了呢？毫无疑问，我们死去后，这个活着的世界还要庄严地活下去，在这样的必然性面前，谁还能做出什么有力的抵抗呢？

（孙法理 译）

作者简介

约翰·斯坦倍克（1902—1968），美国作家，著有《人鼠之间》《愤怒的葡萄》《月亮下去了》等。

美国著名小说家约翰·斯坦倍克在58岁时，携带着爱犬查理踏上了旅途，《带着查理旅行》这本文字优美而富于哲思的散文集即是这次旅行的结晶。(两年后，即1962年作者获得了诺贝尔文学奖。) 本文是散文集中最为有名的一篇，描写了一片罕见的自然景色——远古侏罗纪时代一种植物的最后孑遗巨人水杉林。

文章一开始写林中之静，“只有一种大教堂式的肃穆”，奠定了整篇文章的风格和趋向。“耸立着，直达天顶的”巨人水杉和雄伟庄严的大教堂的确不无相似之处。宗教令人心存敬畏，敬畏上帝和神性，而这片巨人水杉林，也教人学会以宗教信仰般的心态来敬畏自然，敬畏自然界的“上帝”。

在这座水杉林里，时间变了，“早午晚划分”也变了，“黎明来得很早”，一直持续到“太阳升得老高”，而“太阳刚过天顶”，漫长的黄昏就到了。作者重点描写了黎明和黄昏这两个时段，对它们的偏爱显然是因为这两个时段的安静。那么，这座林子到底有多静呢？鸟儿在朦胧的光影中飞动，像点点火花，这里以鸟之动来反衬林之静，观察和感受细致入微，与中国古诗“蝉噪林逾静，鸟鸣山更幽”有异曲同工之妙。厚厚的树皮吸引了一切声音，脚下是“垫子”，是“绒毯”，即使人踩在上面也听不到脚步声。李白诗云“不敢高声语，恐惊天上人”，在这个林子中，人们怕惊扰了什么呢？可谓静极！作者把此时的感受与孩提时代的经验结合起来，认为那是“某种我所不理解的东西”在这个林子里活动着。在作者眼里，这些巨人树俨然是有生命的，“是活的，有存在，有感觉”，甚至能够“彼此交感”。作者懂得它们的强大和古老，但是没有经验的人在这里也许会感到害怕。作者介绍巨人树的历史，是“地球洪荒时代的形象”，而人类相比于巨人树简直就是“乳臭未干，十分稚嫩”。读到这里，读者不禁与作者共同感慨：即使人类灭亡了，这个世界仍然会庄严地活下去。

文章以时间为轴，用冷静睿智又饱含张力的文字描写了作者在水杉林里的所见所闻，以及由此引发的一系列思考，夹叙夹议，浑然一体。

文中阐明了作者对待自然的一向态度，甚至以先知者的身份，来宣扬大自然的神圣存在，试图引导读者以宗教信仰的心态来善待自然，并暗含了对人类滥砍滥伐破坏自然的行为的不满。

（张玲玲）

① 巨人树，亦名巨人水杉。

灵魂得救记

[美国] 兰斯顿·休士

我从罪孽中被拯救出来是在我快十三岁的时候。其实我没有得救。情况是这样的。我婶娘瑞德所在的教堂要举行一次信仰复兴活动①。这活动一连进行了好几个礼拜，每天晚上都有大量的布道演说、圣歌、祈祷和呼喊。有一些“怙恶不悛”的罪人也被带回了耶稣身边。教会的人数急剧增加。在复兴运动结束前，他们又为孩子们专门开了一个会，“要把小绵羊带回羊栏里来”。我婶娘好几天以前就在谈论着这件事。那天晚上我被护送到了前排，和所有其他的小罪人一起安排在悔罪人席位上②——我们都还没有被带回到耶稣身边呢。

婶娘告诉我：你得救之后，就会看到一道光。你心里会受到触动，于是耶稣进入了你的生命！从此以后上帝就和你同在了！她说：你可以在灵魂中看到、听到和感觉到耶稣的存在。我相信她的话。我听见许多老年人说过同样的话，因此我好像感到他们理所当然地知道这种事。于是，我便安安静静地坐在又闷热又拥挤的教堂里，等着耶稣降临到我的身边。

布道人作了一个非常精彩的铿锵动听的布道演说。他描写了地狱里的呻吟、呼号、凄凉的哭泣和悲惨的场面，然后他唱了一支歌，唱的是九十九只羔羊已经安全回到圈里，有一只羔羊还在寒风里彷徨。他说："你们回不回来？回不回到耶稣的身边来？羔羊们，你们回不回来？"他向坐在忏悔人席位上的小罪人们伸出了双臂。小姑娘们哭了起来。有几个跳起身来走到耶稣身边去了。但是，大部分人还坐着没动。

许多老年人走了过来，跪在我们周围祈祷——有梳着辫子的，脸色像煤精一样黑的老太婆；有做活做得指关节疙里疙瘩的老头儿。教堂里唱起了一支歌曲，唱的是下界的烈火在燃烧！某些罪人将要得救。满屋子里的人都摇晃着身子，唱着歌，作着祈祷。

可是，我仍然等着，想看见耶稣出现。

最后，所有的孩子都走到了祭坛前面，得救了，只剩下了一个男孩和我。那男孩是个酒鬼的孩子，名叫卫斯利。我们俩被祈祷着的修女和教堂执事包围了起来。教堂里很热，而且时间也很晚了。最后卫斯利悄悄地对我说："他妈的，我坐累了。咱们还是起来去得了救吧！"他站起身走过去，于是得了救。

忏悔人席上剩下我一个人了。我的婶娘来到我身边，在我膝前跪下，哭了起来。小小的教堂全部的祈祷和歌声都在围着我转。全体会众在为我一个人祈祷，又是哭，又是喊，吵成一片。我仍然一声不响，静等着耶稣的到来。我等呀，等呀——他就是不来。我非常想见到他，可我却什么也没见到，一点也没见到。我希望能见到点什么，可是一点什么都没有。

我听见歌声，也听见牧师在说："你为什么不过来？亲爱的孩子，你为什么不到耶稣身边来？耶稣在等着你，他需要你。你为什么不过来？瑞德姐妹，这孩子叫什么名字？"

"兰斯顿，"我的婶娘抽泣着。

“兰斯顿，你为什么不过来？你为什么不来得到拯救？啊，上帝的羔羊，你为什么不过来？”

时间的确越来越晚了。我开始为自己感到羞愧。我把一切都给耽误了，我拖延了那么久。我开始怀疑上帝会对卫斯利有意见。卫斯利肯定也没有见到耶稣，但是他现在却得意扬扬地坐在台子上晃着他穿着灯笼裤的两腿对我傻笑。教堂执事和老太婆们跪在他周围，作着祈祷。卫斯利滥用了上帝的名义，又在教堂里撒谎，然而上帝并没有把他打死。因此我也决定，为了少惹麻烦，倒不如撒一个谎算了。我可以说是耶稣来到了我身边，站起身来就可以得到拯救。

于是，我站了起来。

一见我站起身子，满屋子的人立即爆发出了一片欢呼。欢喜的浪涛席卷了大厅，妇女们高兴得直跳。婶娘一把抱住了我。牧师拉着我的手，把我带上了讲台。

一切都安静了下来，屋子里变得鸦雀无声，只是有节奏地听见几声“阿门”。这时，新的羔羊们都以上帝的名义受到给他们的祝福。欢乐的歌声弥漫了整个教堂。

那天晚上，我哭了，那是我平生倒数第二次哭　　因为我已经是个十二岁的大孩子了。我哭了，我再也忍不住，一个人躺在床上哭。我把头藏在被窝里，但却被婶娘听见了。她醒过来，告诉叔叔说我在哭，因为圣灵已经进入了我的生命，也因为我见到了耶稣。但是我是因为心里难受才哭的。我不能告诉她我撒了谎，欺骗了在教堂里的每一个人。我并没有看到耶稣，我再也不相信有什么耶稣。他并没有来拯救我的灵魂。

（孙法理 译）

作者简介

兰斯顿·休士（1902—1967），美国诗人，著有《萎靡的布鲁士》《亲爱的死神》《梦乡人》等。

兰斯顿·休士23岁时获得《机会》杂志诗歌奖，被誉为“哈莱姆的桂冠诗人”，1940年发表自传《大海》，本文就是《大海》中的一段。

本文用一个孩子天真诚实的口吻写成，用第一人称“我”结构全文，写了“我”被逼而获得“拯救”的全过程，开始“我”对婶娘说的话深信不疑：“你得救之后，就会看到一道光。你心里会受到触动，于是耶稣进入了你的生命！从此以后上帝就和你同在了！”“你可以在灵魂中看到、听到和感觉到耶稣的存在。”于是，“我”一直“等着耶稣降临到我的身边”，祈祷响起来了，“我仍然等着，想看见耶稣出现”。只剩下“我”一个人了，可“我”仍然一声不响静等着耶稣的到来，可是当“我”看到“卫斯利滥用了上帝的名义，又在教堂里撒谎，然而上帝并没有把他打死”时，“我”突然明白了，所有的一切只是一种形式，“我”完全可以撒谎说“耶稣来到了我身边”，很简单，只要站起身来就可以得到拯救，这个诚实天真的孩子竟被逼得说了谎，“兰斯顿，你为什么不过来？你为什么不来得到拯救？啊，上帝的羔羊，你为什么不过来？”孩子难受，是因为他觉得欺骗了教堂里的每一个人，这令我们想起了《皇帝的新装》，孩子是最诚实并无畏地说出真话的，但本文中的孩子却被周围的一切人逼得说了假话，这对一个天真的孩子来说是痛苦的，在他们的世界里，有就是有，没有就是没有，把没有说成有的，就被孩子们视为不可理解。

文章通过一个12岁孩子的视角来看待教会种种仪式和教徒们虚伪

的行径。“这活动一连进行了好几个礼拜，每天晚上都有大量的布道演说、圣歌、祈祷和呼喊。”布道演说和跪在孩子们周围的老年人的祈祷，在这个12岁孩子的眼中都相当虔诚，可孩子想看到的是真实，是耶稣的出现，这一切越是虔诚就越与真实情况形成对比，就越显得虚伪，现实同孩子内心的纯洁与真实组成具有鲜明对照的两个画面，最后孩子不得不向现实走去。“我站了起来”，这时，“满屋子的人立即爆发出了一片欢呼。欢喜的浪涛席卷了大厅，妇女们高兴得直跳”，“欢乐的歌声弥漫了整个教堂”，教徒们为自己形式的完成而欢呼，孩子纯真的心却很困惑，他并没有看到耶稣，他再也不相信有什么耶稣了，就是在这样一个充斥着虚伪和欺骗的现实中，不断加入教会的人却越来越多，大人们都被教会的网网住了自己的心，并不断把孩子们也拉入网中，“要把小绵羊带回羊栏里来”。纯真诚实的幼小心灵受到冲击，大部分的孩子都跑过去了，另一部分孩子只有违心地被逼过去，背后落下难受的眼泪。在嘲笑教徒们行为的同时，我们也应当思考：孩子们不懂得什么是虚伪，却也被迫接受了虚伪的形式，在无形中被灌入宗教意识，如文中的“我”一样。

（魏　宁）

① 信仰复兴活动：指在信仰淡漠的基督徒中进行的鼓动活动，使他们重新获得信仰。
② 忏悔席：在复兴活动中专门为忏悔人准备的席位，在教堂席位的最前面。

归来的温馨

[智利]聂鲁达

我的住所幽深，院内树木繁茂。久别之后，房子的许多去处吸引我躲进去尽情享受归来的温馨。花园里长起神奇的灌木丛，发出我从未领受过的芬芳。我种在花园深处的杨树，原来是那么细弱，那么不起眼，现在竟长成了大树。它直插云天，表皮上有了智慧的皱纹，梢头不停地颤动着新叶。

最后认出我的是栗树。当我走近时，它们光裸干枯的、高耸纷繁的枝条，显出莫测高深和满怀敌意的神态，而在它们躯干周围正萌动着无孔不入的智利的春天。我每日都去看望它们，因为我心里明白，它们需要我去巡礼，在清晨的寒冷中我凝然伫立在没有叶子的枝条下，直到有一天，一个羞怯的绿芽从树梢高处远远地探出来看我，随后出来了更多的绿芽。我出现的消息就这样传遍了那棵大栗树所有躲藏着的满怀疑虑的树叶；现在，它们骄傲地向我致意，俨然已经习惯了我的归来。

鸟儿在枝头重新开始往日的啼鸣，仿佛树叶下什么变化也未曾发生。

书房里等待我的是冬天和残冬的浓烈气息。在我的住所中，书房最深刻地反映了我离家的迹象。

封存的书籍有一股亡魂的气味，直冲鼻子和心灵深处，因为这是遗忘——业已湮灭的记忆——所产生的气味。

在那古老的窗子旁边，面对着安第斯山顶上白色和蓝色的天空，在我的背后，我感到了正在与这些书籍进行搏斗的春天的芬芳。书籍不愿摆脱长期被人抛弃的状态，依然散发一阵阵遗忘的气息。春天身披新装，带着忍冬的香气，正在进入各个房间。

在我离家期间，书籍给弄得散乱不堪。这不是说书籍短缺了，而是它们的位置给挪动了。在一卷十七世纪古版的严肃的培根著作旁边，我看到萨尔加里①的《尤卡坦旗舰》；尽管如此，它们倒还能够和睦相处。然而，一册拜伦诗集却散开了，我拿起来的时候，书皮像信天翁的黑翅膀那样掉落下来。我费力地把书脊和书皮缝上，事前我先饱览了那冷漠的浪漫主义。

海螺是我住所里最沉默的居民。从前海螺连年在大海里度过，养成了极深的沉默。如今，近几年的时光又给它增添了岁月和尘埃。可是，它那珍珠般冷冷的闪光，它那哥特式的同心椭圆形，或是它那张开的壳瓣，都使我记起远处的海岸和事件。这种闪着红光的珍贵海螺叫 Rosteilaria，是古巴的软体动物学家——深海的魔术师——卡洛斯·德·拉·托雷，有一次把它当作海底勋章赠给我的。这些加利福尼亚海里的黑“橄榄”，以及同一处来的带红刺的和带黑珍珠的牡蛎，都已经有点儿褪色，而且盖满尘埃了。从前，就在有那么多宝藏的加利福尼亚海上，我们险些遇难。

还有一些新居民，就是从封存了很久的大木箱里取出的书籍和物品。这些松木箱来自法国，箱子板上有地中海的气味，打开盖子时发出嘎吱嘎吱的歌声，随即箱内出现金光，露出维克多·雨果著作的红色书皮。旧版的《悲惨世界》便把形形色色令人心碎的生命，在我家的几堵墙壁之内安顿下来。

不过，从这口灵柩般的大木箱里出来一张妇女的可亲的脸，木头做的高耸的乳房，一双浸透音乐和盐水的手。我给她取名叫“天堂里的玛利亚”，因为她带来了失踪船只的秘密。我在巴黎一家旧货店里发现她光彩照人，当时她因为被人抛弃而面目全非，混在一堆废弃的金属器具里，埋在郊区阴郁的破布堆下面。现在，她被放置在高处，再次焕发着活泼、鲜艳的神采出航。每天清晨，她的双颊又将挂满神秘的露珠，或是水手的泪水。

玫瑰花在匆匆开放。从前，我对玫瑰很反感，因为她没完没了地附丽于文学，因为她太高傲。可是，眼看她们赤身裸体顶着严冬冒出来，当她在坚韧多刺的枝条间露出雪白的胸脯，或是露出紫红的火团的时候，我心中渐渐充满柔情，赞叹她们骏马一样的体魄，赞叹她们含着挑战意味发出的浪涛般神秘的芳香与光彩；而这是她们适时从黑色土地里尽情吸取之后，像是责任心创造奇迹，在露天地里表露的爱。而现在，玫瑰带着动人的严肃神情挺立在每个角落，这种严肃与我正相符，因为她们和我都摆脱了奢侈与轻浮，各自尽力发出自己的一分光。

可是，四面八方吹来的风使花朵轻微起伏、颤动，飘来阵阵沁人心脾的芳香。青年时代的记忆涌来，令人陶醉：已经忘却的美好名字和美好时光，那轻轻抚摸过的纤手、高傲的琥珀色双眸以及随着时光流逝已不再梳理的发辫，一起涌上心头。

这是忍冬的芳香，这是春天的第一个吻。

（林 光译）

作者简介

聂鲁达(1904—1973)，智利著名诗人，1971 年 10 月获诺贝尔文学奖，著有《黄昏》《二十首情诗和一支绝望的歌》《爱情十四行诗 100 首》等。

《归来的温馨》一文是智利著名诗人聂鲁达在长期离家归来后写的一篇富有浓情厚谊的抒情性散文。本文中诗人把对于自然之物和生活的认识，新鲜独特的感受及深挚的爱融于笔墨之中，对归来后所见家园的每一笔“描摹”，每一次“着色”，无不饱含真情地自心底经笔端倾泻而出。

时空的距离往往会产生别一样的美感，如别时的依依难舍，别后的殷殷期盼、苦苦思念，相聚时的欣喜、新奇和融融暖意。《归来的温馨》一文，作者用诗一般的笔调传达给我们的便是这样一种归来后的浓浓温馨和美感。

通常情况下，久不归家，庭院无人打理，花园里长起了灌木丛该是一片令人感伤的凄清荒凉之景，但是作者感受到的却不是荒凉，而是一种“温馨”，一种散发着灌木丛芳香的“温馨”，一种“从未领受过的芬芳”，温馨是园中物象营造的，但草木无知，何以有情？是诗人有情，是诗人以恋家的情怀，以浓情爱意浸染过那些园中之物，才使它们表现得如此有情有义，含情含义吧！

纵观全文，联系其中的物象，诗人对家，对家中的一切，离开之前和归来之际的感受是有强烈反差的。栗树原本是一种“莫测高深和满怀敌意的神态”，而现在则是“骄傲地向我致意”；从前“对玫瑰很反感”，认为“她没完没了地附丽于文学”，“因为她太高傲”，而现在却让诗人“心中渐渐充满柔情”，因为“眼看她们赤身裸体顶着严冬冒出来”，

“在坚韧多刺的枝条间露出雪白的胸脯，或是露出紫红的火团的时候”，诗人被她们的美感动了。想到她们含着挑战意味发出“浪涛般神秘的芳香与光彩”，现在的她们如同诗人一般“摆脱了奢侈与轻浮，各自尽力发出自己的一分光”，作者被她们的精神再一次打动，或许也是自我的感动及体验的心灵共鸣。

当熟悉的人与人、人与物有了时空的距离，便会给人一种重新审视品味以往的机会，归来之后也给予了人一种创造新变、憧憬未来的机会，此时这种新感受借着春天的脚步和活力，给人一种莫大的鼓舞，因此，当诗人重新步入书房，“面对着安第斯山顶上白色和蓝色的天空”，他感到了正在与他背后的那些具有“亡魂的气味”的书籍“进行搏斗的春天的芬芳”。她“身披新装，带着忍冬的香气，正在进入各个房间”。给人希望，给人力量！

歌德说：“艺术要通过一种完整体向世界说话，但这种完整体不是他（指艺术家）在自然中所能找到的，而是他自己的心智的结果。”我们从文中可以看出，聂鲁达确实把他描写的“家园”自然地融合在一处，诗人活泼生动而又极富抒情性的语言将他久别归来的喜悦和感受到的温馨情意自心底汩汩流出。“春天的第一个吻”或许是家园献给作者的“礼物”，也是充满活力的新生活的开始吧！

（吕菲菲）

① 萨尔加里（1863—1911），意大利作家，著有多种探险小说和游记。

十月湖上

［英国］贝慈

十月的木叶已经簌簌落满湖上。在晴朗无风的日子里，它们成千上万地停留在此刻业已色泽转暗的水面；这无数黄色小舟般的落叶大多为白杨树叶，纷纷不停地从那些即使在无风天气也颤动不已的高树之上淅淅沥沥地飘落下来，但是遇上雨天或是雨后，它们便又被飘得无影无踪，于是，除了那在盛夏时节宛如翡翠似的盏盏瓷盘把个湖面盖个满当而如今色作橄榄黄的睡莲残叶之外，这时湖上是一片利落。就连不少睡莲也已不在；那在蓓蕾时期有如浪里金蛇似的一种色黄头细的水草以及茂密的芦苇也都稀疏起来，它们被风霜编织成了许多凌乱的篮篓似的汀渚，这里的大鹬松鸡一听到什么陌生者的响动便溜到那底下去躲藏。

长夏之际，在这片到处莲叶田田的世界里，大鹬与松鸡往往过着一种不胜其困惑迷惘的日子。它们找不到可以自由游泳的地方，于是整天整天可以看见它们在这片睡莲深藏的水面空隙之间小心翼翼地徐图前进，不时把头歪歪低低，对这片绿叶世界深感惶惑，正如在冬天时候对于冰天雪地感到的那样。这时偶尔遇到稍清净的水面，它们马上就活跃多了。

湖面很长，除其中两处小岛外，大体连成一片。湖上的鸟儿兴致来时往往发狂似的参差其羽，翻飞水上，那起飞降落恍若无数细小而激动的水上飞机。相比之下，那些野鸭的步伐——而且速度也迅速得多，便几乎颇形威武。它们着陆时——一些雄鸭脖颈处闪耀着色如浓绿锦缎般的光泽，那神气大有哪个飞机中队于其长期在外飞行之后初次胜利归来之势。

钓鱼一事则只有等到时序进入夏末才有可能。久旱之后，水面浅而且清，深黝黝的游鱼可以成批看见，这是出来晒太阳的，但羞怯易惊，不易捕捉。只有等到晚间，当天气已经转凉，水色变暗，湖面也为露水鱼群的银色舞蹈不断划破时，这当儿，才有可能钓着几条，也许一条初生的鲈鱼，或比沙丁还小的石斑会噙上了钩，这整个时期，特别是在晴朗炎燠的早晨，个大的梭子鱼往往会露出湖心，一二十个一群，状若黑色电，着迷般地待在那里，偶尔才大动一下，在水面上漾起丝丝涟漪。

说来奇怪，这里一切水上的与水周围的生物几乎都和这湖水有关。除了那在湖畔赤杨树下踯躅不安的一只孤零的鹪鹩，或在十月午后从岛上横掠湖面引颈长鸣的鸥鸲以外，这里的一切鸟类生活大都属于水鸟生活。白嘴鸭似乎很少到这里来，燕八哥也是如此；偶尔可以瞥见一只鸽子从水上鼓翼而过，飞入树林；甚至连海鸥也属于田畴上的禽类。但是野天鹅春天时却常到淡黄色的芦苇丛中来筑巢，另外有两只高大的苍鹭每天好在这表面有水的草地上往来踱着，一遇声响则奋力地把头翘起。鹬鸟常翩跹于附近沼泽中色状如棕色翎羽的苔丛之间，有时一只翠鸟也以魔术闪电般的快速啄着横过最狭窄水面的赤杨影下的阴暗树篱。但有时，而且在很长的工夫之内，这里又既无生命也无声息。湖面慢慢寂静下来，再没有鱼跃来打破这种沉默，大鹬不再啼叫，连树叶在这死寂的十月空气中也停止了颤动飘落。猩红色的浮子开始呈现在这看上去滑腻如脂的水面之上。

在这种宁静晴和的日子，这里的色泽真是绚烂之极。湖的南岸，白杨、赤杨、槐木以及七叶树等迤逦不绝，氤氲溟濛，完全是一片橄榄黄和青铜色的漠漠水帘。樱桃、梨子繁茂的果园一团火红，它那低垂的橙黄光焰早已颖颖透出一带几乎光净的秋柳之外。橡树依然苍绿，但挺立在远处的山毛榉却赧如赤峰。至于湖面上的种种奇颜异彩，更是姿媚跃出：岛上生满榅桲，虽仍郁郁青青，但树间嘉实累累，恍如千万盏金灯，只是无人前来采撷罢了。

（高 健 译）

作者简介

贝慈（1905—1974），英国短篇小说家、散文家，著有《天助法兰西》《紫色平原》《献给莉迪亚的爱情》等。

在这篇散文中，作者赫伯特·欧内斯特·贝慈以细腻的笔触描写了十月湖上优美、独特的风光，其字里行间不仅表现了他对自然风光的精细观察，也表现了他的简洁圆熟的文笔与精致准确的描绘本领。

“十月的木叶已经簌簌落满湖上。”开篇一句整体描述不仅紧扣了题目，更使十月湖上遍铺落叶的独特风景跃然纸上，使读者如身临其境，眼前展现出一望无际的落满黄色小舟般落叶的水面，这时，盛夏时节“翡翠似的”睡莲、“色黄头细”的水草，以及“茂密的”芦苇都已失去了往日的风采，“利落”一词干脆形象而又恰到好处地点出了十月湖上空阔却不萧瑟的风景，与长夏之季相比，十月广阔的湖面无疑更适合大鹬、松鸡、野鸭等动物展示自己，在长长的湖面上，作者细致地描写了它们“参差其羽”“翻飞”“着陆”等一系列自由的活动。另外，还有“踟踏不安”的孤零的鹪鹩、“引颈长鸣”的鸥鸲、“鼓翼而过”的鸽子、

“往来踱着”的苍鹭、鹞鸟、翠鸟等等，作者精细观察并准确地描写出众生物彼此独立而又祥和共处的生活，给读者展示了充满生机的十月湖上独特的风景。作者笔下的十月湖畔，是动物的乐园，同时也是植物的天地。十月的白杨、赤杨、槐木、李木、橡树等一改盛夏之季一片葱绿的色泽，纷纷展现出橄榄黄、青铜色、橙黄、火红种种奇颜异色，使读者不禁感到别样的美丽。

一篇成功的写景散文，自然与作者的细心精到的观察密不可分，与此同时，众所周知，散文的写作中，语言运用也是十分重要的。这篇《十月湖上》，作者融细致的观察和准确的描绘本领于一体征服了读者。首先，本文用词独到而形象，如形容落叶的“簌簌”“淅淅沥沥”、形容水草的“浪里金蛇似的一种色黄头细”、形容水面的“滑腻如脂”、形容野鸭的“威武”、形容鱼群的“舞蹈”等等，无不令人遐想万千如身临其境。此外，修辞句的使用，是本文的一大亮点。“长夏之际，在这片到处莲叶田田的世界里，大鹬与松鸡往往过着一种不胜其困惑迷惘的日子”，这一拟人句的使用把动物们对绿叶世界的惶恐之感表现得淋漓尽致，与后面的活跃形成了鲜明的对比。再如，写野鸭的神气如“胜利归来”的飞行中队，以及写游鱼的“羞怯”等等，独特而准确的修辞句在文中随处可见，增添了文章的精彩。

（张玲玲）

依阿华州的圣诞节

[美国] 保罗·安格尔

圣诞节应该从钟声开始。我小时候的圣诞节就是这样开始的。不过，那不是教堂的钟声，而是雪橇的铃声，因为那时我们住在爱荷华州桦木滩一个没有教堂的地方。那铃挂在爸爸马队的马匹身上。他赶着马，拉着连环雪橇来到家里有马头装饰的系马桩前，要接我们到我们家的田庄上去过圣诞节。那田庄在十英里以外。爸爸赶着马神气地跑着快步，沿着五号大街过来。他的鞭子在马屁股上空叭叭地抽，铃声在雪地上柔和清脆地响个不停。雪地反射着一种光芒，也像铃声一样柔美。

那种阖家出游的情景，现在再也没有了：全家人依次上了雪橇，雪橇上垫着一英尺厚的金黄色的干栎树叶，可以躺在上面睡觉，身上再盖上野牛皮外套。马儿踏着柔软的雪，马铃随着马匹的动作叮当叮当地响个不停。爸爸攥紧马缰坐着，穿一件长外套，那是用我们家十分喜爱的一匹马的皮做的，马皮仍然闪耀着它深栗色的光泽，手套也是用那张马皮做的。我那时八岁，心里总感到难受，那个往马嘴里塞嚼子的人身上穿的那件温暖的外套，分明是这些马儿们的老朋友的皮，而它们对此竟然满不在乎。

那样的街道，现在再也看不到了：为了雪橇的行驶方便，很聪明地在路面上保留了积雪。大型雪橇从积雪上飕飕地驶过时，我们可以蹦出去，坐到雪橇的滑板上。中途遇上了别的马匹，又可以从一组铃声跳到另一组铃声里去——从马辕上疏落的铃的小声叮当里，跳到辔头上长串的铃的嘹亮的急响之中。有时会有一辆镶着青铜饰物的汽车，靠它的狭窄的轮胎艰难地走过，那大半是用一匹马拖着，往光溜溜的山坡上爬。这时，我们就会把它当作臃肿的大笨蛋，向它发出一阵胜利的欢呼。这玩意儿显然是不会在我们那儿长久下去的。

乡间的路要通过一片有着小山、浅谷和密密的用材林的地带，其中有一个林子，全是高耸入云的黑色胡桃木。这个林子，一年之后便全部被砍去做了第一次世界大战中的枪托。离开大路转入甬道进入田庄时是最精彩的时刻，雪橇要穿过片片肥沃的沙地，那地上夏天总是种下西瓜，我可以爬下雪橇，去打开一个瓜来看看它那绿皮红瓤的圣诞节色彩。那片土地有一部分是我祖父南北战争时期在骑兵队服役时得到的奖赏。

雪橇驶近一面是橡木林一面是苹果林的山顶矮房时，父亲便站起身来，挥动鞭子，让连环橇猛然加快了速度，一口气跑到大门口。

雪橇到达时的那种景象，现在再也见不到了：辔头上的铃叮当碰撞着，像辽远的钟声一样；马群对着厩里的马发出嘶鸣，同时接收到一大片高亢的咴咴嘶鸣，作为回答；狗群蹿上了连环橇，钻到野牛皮外套里；鸡舍里的母鸡咯嗒咯嗒地叫了起来。有人对着兴奋的马群“喔哇、喔哇”地叫着，我的堂兄弟、堂姊妹们绕着连环橇大喊大叫。我们一起跨下雪地——妈妈挎着圣诞节篮子。

妈妈和姐姐妹妹进入屋子。马队卸了鞍，关进畜厩里，盖上马衣，吃起粮秣来。冬天的畜厩气味成分复杂，美妙极了。它丰富温暖，跟它在夏天的味道完全不同。这里有加起来共有一千多磅重的动物身上的气味;有挤在角落里发出低沉懒惰的哼声的猪群的气味;有用鼻子抵着食槽，在寻找一蓬一蓬的干草的奶畜的气味。那马匹望着新来的客人，转动着椭圆形的深沉的眼睛，露着眼白。燕麦、干草和秣秸仍然发散着生气勃勃的八月的阳光的馨香；畜粪冒着热气；皮马鞍为了保持柔韧，抹上了牛脚油，发出了刺鼻的气味；还有饲料间里快要发酵的青贮饲料，发出糖浆一样的甜香。总之，屋里全是健壮的活物的味道。爸爸总说，这就是保持健康的诀窍，那气味可以理气通肺。马队刚才猛跑着爬上了小路，这时慢慢凉了下来。他常常一手扶着马屁股，望着盖了马衣的马匹身上冒出的热气，用力呼吸。他争辩说，这种气味比新鲜空气更叫他开胃，因为新鲜空气太淡，里面什么都没有。

养着牛和马的畜厩，是开始庆祝圣诞节的好地方，因为那件大事①毕竟是在马厩里发生的，而圣婴耶稣最初闻到的也正是这种气味。

等到我们进屋里时，妈妈和姐妹们已经扎上了围腰，在厨房里忙开了。她们一个个满面红光，跟已经在厨房里忙了一个上午的妇女们一个样。厨房是全座房子里最大的房间，一切家事活动，除了睡眠之外，都在那儿进行。我的大伯甚至靠墙摆了一张便榻，好在上面午睡。孩子生了病，也躺在那儿。厨房的铁灶是一个大家伙，黑油油的，名叫消烟灶，火膛的炉孔上几个平锅已经沸腾了。灶旁有一个热水槽。水槽内层是铜做的，已经没有了光泽。大伯舀了盆水，在水槽边刮胡子。他有时转过他那满是肥皂沫的面孔来，往妇女们的谈话中插嘴，说话时还挥舞着他那直边的刮胡刀，好像要威胁她们接受他的意见似的。我的任务是到屋子后头的柴火堆去，保证把火烧好，同时劈着橡树和胡桃树柴块，看着斧头干净利落地砍进结实的木柴里去。

这是用手工做出来的圣诞节。圣诞树是从下面树林里弄来的。树上有我的堂姐妹们做的纸质的饰物，还有来自老家所在地黑森林的装饰品和爆玉米花糖球，那是用西瓜地旁向阳山坡上种的玉米棒子做的。还有纸做的羊角袋，装着家制的糖果。还有从果园摘来的苹果。圣诞礼物，往往是手工编织的袜子、毛呢领结、漂亮的分叉的睡衣“肩衬”、用钩针织成的短上衣衣领、餐桌上用的花色翻新的洗手盆垫子，还有椅罩之类。有一回，我还得到一个打磨得明光锃亮的母牛角，上面刻了一个骑兵。刻工尽管粗糙，刀法却很豪放。玉米软皮编结的洋娃娃总是有的。那小脸蛋，有的用杏做，有的用胡桃做。洋娃娃穿的色彩鲜艳的衣裙，是用旧的胸衣罩裁剪的，胸衣的带子还闪着亮光。真正的蜡烛冒着真正的火苗。每个客人都耸着鼻子闻空气中烧焦了的松针味。用电灯照明的圣诞树，就没有这种温暖、原始的缀满了点燃的蜡烛的树冠。这树冠，令人联想起若瑟②在最初那个寒冷的夜晚所点燃的真正的火。

像这样的家宴，现在再也看不到了：每一样东西都来自农场。没有冰箱，也没有开到城里去买包装食品的汽车。糕点是提前一天烘制的——南瓜馅、苹果馅，还有肉末馅。我们一边吃着糕点，一边望着窗外的玉米地，南瓜就在那儿栽种。我们还可以看到苹果树，苹果是从那儿摘下来的。还有农家奶酪。袋里的乳冻，还在冷冰冰的地窖天花板上往下滴水。面包，是当天早上才出炉的，烘面包也兼带着烘了炉子，用来烧肉。伯母从我身边匆匆走过时，我可以从她的围裙上闻到人类鼻子所能享受到的最新鲜的香味——新出炉的面包味。一个褐色的大罐里装着黄豆。熏肉是十一月才宰杀的猪肉做成的。我们还能望见仓库场子一角的那只罐子和那只大黑锅，倒扣着，几头不懂事的猪在那儿啃来啃去。

蜜饯应有尽有：从林里藤上采来的野葡萄、山楂、野黑莓和覆盆子，从花圃里采来的草莓，用小路边上采来的野生莳萝渍成的蜜饯，有甜味的，也有酸味的。还有西瓜皮渍的蜜饯。那西瓜原来冷藏在牛奶房的大桶里，瓜皮是在炎热的九月下午消暑时吃剩下的。

菜窖挖在屋子背后的山坡上，有自己的小门。胡萝卜、白萝卜、白菜、土豆和南瓜都从那儿来。有时，我的吓坏了的堂兄弟受惩罚时，就被关到那儿去，坐在黑暗里反省自己的“罪过”；好在圣诞节倒不兴这一套。在那样一番折磨之后，他们连咬一口胡萝卜也都恶心。

当然，还有沾满一排排的芫荽子的传统酸白菜。我记得有一个圣诞节，地下室一个十加仑的酸白菜坛子突然爆开了，菜坛盖上压着的大石头也被掀了起来，落在厅堂的地板上。大伯惊叫道：“我的老天爷，真没想到，咱们家钢琴飞到地板上来了！”

所有的肉也都出自家里。其中最有用的是鹅——正是那年夏天的那只鹅，它曾嘘嘘地叫着赶我，伸着长脖子（那脖子像条长了鸟毛的蛇，）用嘴甲戳我。鹅是过老式圣诞节时无所不在的鸟儿：它的绒毛被拔下来洗净了，一袋袋悬在仓库里，以后好塞枕头；它那肥重身子上的那张皮，被烤得又香又脆，薄得像张纸。鹅油熔化了，和上一点樟脑，在孩子们咳嗽时用来擦胸口。我们吃的是鹅，睡的是鹅，穿的也是鹅。

我还是孩子的时候，运气不错，有一个远房大伯在最近的一个铁路市镇上工作。他的名字叫本恩，人家尊敬他，叫他“铁路人”。他跑通向俄马哈去的这一段线路。本恩去过芝加哥，去的次数不多，但也不少，正如他的妻子米妮伯母耸着鼻子说的：“恰好把那傻瓜带坏了，却又没教他学乖。”本恩大伯什么家禽都不吃，因此，作为圣诞节的表示，总要专门给他准备点猪肉，烘在炉子里。在厨房里忙碌的妇女们把那块肉叫作“本恩的肉”。本恩常到奶房里去，通常还有一个人同路。（本恩向他扬扬脖子，两个人就一道去了。）回来时脸色总是更加红润。好几年以后，我才弄清了底细，原来和本恩大伯嘴里那股引人注意的水果香味和肉馅饼竟毫无关系；和它有关系的倒是我在冰冻桶底发现的一个大瓶子，那瓶子头上还坠着一块石头呢！因为他永远走南闯北，又有比农民、律师神气得多的称号“铁路人”，所以他是我生活中一个传奇性的角色。可是现在看来，他不过是个矮个子的人罢了。他天性有些腼腆，没有子女，总是给我们带来刀枪之类的玩具。

当然，小吃也都是田庄上的：用第一次霜冻之后从林里打下的胡桃做的胡桃馅饼(为剥那胡桃，堂哥堂姐们的手都染黄了)；还有黑胡桃做的小甜饼，比什么都甜；还有塞满了白胡桃的软糖。到早上，我们每个人都发给一把锤子、一块铁板和一大碗胡桃，让我们去敲，用来做家常冰淇淋。

厨房窗外果树园那几棵分别叫“阔佬”“乡下佬”和“狼”的树，果实都特别大。有一棵苹果树，有个传奇性的名字“北方侦察员”，仿佛是南北战争中的一个可疑人物。

每个家庭都有自己特殊的圣诞食品。我们的特殊食品叫“荷兰面包”，做这种面包的面团介乎做普通面包的面团和做糕饼的面团之间，里面是佛手籽和田庄里各种各样的果仁——榛子、黑胡桃、胡桃、白胡桃。他们每一回都要给我专门烤一个又小又圆的荷兰面包，装在一个叫“酸奶姑娘”的食用苏打听子里。我在圣诞节前夕的最后活动，便是把这个听子放在圣诞树旁边，好让圣诞老人发现时吃个夜宵——他毕竟是在这么大冷天老远来我们家做客的。奇怪的是每一个圣诞节早上我都发现他把荷兰面包吃掉了！我的伯母也做同样的荷兰面包。我们把它涂满了奶油。那奶油还是当天早上从他们那乳脂含量最高的泽西牛的奶里摇出来的。

在做饭的屋子里吃饭是感谢主的丰盛赐予的好办法。长桌镶上了给小家伙们坐的桌子，高高矮矮的，从厨房的这头一直连到那头。空气里弥漫着浓香，不但有盘子里的食品香，而且有烹调制作时的气味和劳苦功高的消烟炉烧烫了的铁体的金属味。整个炉子向我们散发出那还没有上桌的鹅和没有进嘴的馅饼的迷人的气味。眼看着鹅杂酱汁做成，眼看着它倒进长盘（那长盘两面画着滑雪的儿童和在雪上蹦跳的鹿），是引人馋涎欲滴的十拿九稳的妙方，能叫人恨不得撑破了肚子。

圣诞晚宴的前奏一向是下命令到奶房去取乳皮。乳皮是从奶房冷冻盘里的鲜牛奶上刮下来的，金灿灿的颜色，跟产奶的泽西母牛的腰部颜色一个样。晚宴前的最后一次活动，是用小磨磨咖啡豆，在乡土风味的鹅和五香南瓜馅饼上增加一点异国的浓香。然后大家坐上桌子。这时大伯做起餐前祷告来，他有时用德文做，然后又为我们这些不懂事的孩子们用英文做一遍：

我主耶稣，请来做我们的
　　客人，
和我们一起享用你恩赐的食物。

像这样的恩赐，现在也再不会有了；我大伯祈求恩赐的每一小块食物，都是他自己辛勤工作的收获。他奉献给耶稣请他赐福的东西，都是依阿华田庄上风调雨顺耕种、施肥得当的普通土地所生产出的一般产品。

圣诞节的第一个仪式是祝贺主的诞辰——对一对田园夫妻的婴儿表示感谢。这一对夫妻无疑是很懂得雨水、牧草和怎样把牛羊养得膘肥体壮的。第二个仪式便是进餐礼了。伯母热火朝天地传递着食品。拒绝任何一道菜都跟这个日子崇高的精神格格不入。我们不但是在庆祝人类的一件大喜事，而且也是在承认人天生就该受折磨的道理——这折磨便是把每一道菜都吃个精光！不过我们每个人都干劲十足地面对了这场“灾难”。本恩大伯叹一口气，叭的一声松开了他的皮带——很好看的西部皮带，有银扣箍和小牛头图案的扣板。妇女们老是从桌边站起身来，到厨房的水槽边走走，到消烟炉边跑跑，再不就是到屋外去取冷冻在空气里的东西，因此，她们倒不太费劲。但是男人们可得坐着不动，一本正经地大逞他们口腹的雄威。

午宴结束，已是后半下午。妇女们对一大堆肮脏的杯盘碗碟，做出个无可奈何的表情，然后从炉灶旁的热水槽里舀出水来。男人们到畜厩去照顾牲口。表哥则拿起他的二十二毫米的新枪，往牧场上悄悄走去，他说道："我刚才看到一只狐狸，它正想捞只鹅过圣诞节呢。"再不然便是拉出一串雪橇来，前面的人双脚插在后面的雪橇里，排成一字长蛇阵往山坡下，往西边的斜坡地，一个劲滑过去，滑向落山的太阳。我们把吃剩的骨头扔给狗吃；把羊脂块拴在橡树上，给雪鸟和不怕寒冷的山雀吃；还盛一碟去了乳皮的奶给猫舔。那猫正抬着它那肉垫很厚的脚爪，怒气冲冲地在雪地上逡巡。饲鸟盘里撒满了面包皮，红艳艳的红衣主教鸟已经从天空直扑下来——像血点子一样。然后，大家又回到屋里去，最后暖和一下身子，准备走了。

行李收拾妥当以前，通常都要围着树站好唱一支歌，然后彼此一再感谢互赠的礼物。篮子里装得满满的，跟我们来时一样，甚至更满一些，因为里面塞满了没吃完的食物。这时，爸爸和大伯早已从厩里带出马匹，在连环橇的双辕上套好。我们马上就要进入黄昏时严寒的空气里去了。

出门之前，我得从爷爷的一张照片面前经过，他的骑兵马刀挂在照片上（有一回我曾经偷偷地把它取了下来，豪兴大发，杀死了饲料槽后面的一只小耗子）。爷爷长着一部大白胡子，很像赫巴特插图本《圣经故事》上的先知。我还一直以为他年轻时去讨伐的是菲利士底亚人[③]呢。后来我终于明白了，他讨伐的是画了脸、文了身的苏族印第安人。但那已是多年以后的事。爷爷一家是因为抗议服兵役才离开德国的。像他那样温和的人，竟然也挥舞着那柄杀人的武器，大喊大叫着去冲锋陷阵，实在令人难以相信。他之所以如此，是因为历尽辛苦之后才明白了一个道理：为了在一个普通的农庄上过和平安静的生活，有时也需要战斗。

现在，铃声又响了，马匹在畜厩里站得太久，已经很不耐烦，不断地踏着蹄子，晃动着辔头。爸爸紧了紧缰绳，喉头发出轻声的呼噜，镇住了它们。柴火的烟味还在我们鼻子里，堂兄弟姊妹们都冻得发抖了。"再见！""再见！"大家呼喊着。雪橇出发了，驶过严霜冻得松脆的雪地，发出嚓啦嚓啦的响声。我们大家，包括妈妈在内，都往干槲树叶里钻，同时把野牛皮外套往下巴底下拉。马队迈着平稳的快步跑了起来；铃铛也随着脚步有节奏地轻柔地响了起来；雪橇滑板嗞嗞地响着，抚慰着我们。我们朦朦胧胧地半睡着了，半开半闭的眼睛望着天空。滑板不断地跳跃和转动，好像要把一颗颗小星星摇落到我们的衣兜里来。然而，东方的那颗大星却从不动摇。在我们回家的路上，无论什么东西也无法把它从天空摇落下来。

（孙法理 译）

作者简介

保罗·安格尔（1908—1991），美国著名诗人，著有《破损的地球》《中国印象》等。

出生于美国依阿华州桦树滩一户农家的保罗·安格尔天性淳朴，其文风亦如其人朴素纯真。在这篇《依阿华州的圣诞节》中，他细腻地描画了一幅乡村农家欢度圣诞节的风俗图画，通过回忆儿童时代圣诞节的情景与愉快生活，描绘了20世纪20年代美国依阿华州农村朴素、自然、欢快、充实的生活方式，表达了对在现代社会工业化进程中所逝去的田园牧歌式的乡居生活的缅怀，流露出对再也回不来的乡居生活的无奈情绪。

作者在文中缅怀了儿童时代乡村淳朴的生存状态：纯自然的交通方式，雪地、雪橇、马匹以及悦耳的马铃声，构成了一幅绘声绘色的美丽安详的乡间立体图景；缅怀了幸福和谐的乡间家庭生活，追忆了“用手工做出来的圣诞节”，无论是圣诞树、装饰品、圣诞礼物，还是圣诞宴食品，都是手工制作的，都是出自自己家里，都是自己劳动生产的，都是乡村家庭劳动的成果。处处都洋溢着劳动者的欢乐与充实，从而表达了对纯朴农场生活的怀念，对劳动的充实感的怀念。然而，真正地用双手创造生活、用双手创造幸福的那种充实愉悦感，随着现代资本主义工商业的发展，似乎是一去不复返了。

通过对儿童时代乡村生活中欢度圣诞的回忆，缅怀“现在再也看不到了”的圣诞节。作者虽然没有对当前现代西方资本主义社会做出一句半语正面的斥责和批判，但是他通过细针密线地描绘儿时“用手工做出来的”圣诞节，从侧面影射出现代资本主义社会在工业化发展进程中所逝去的自然文明的纯真与朴素。20世纪以来，随着资本主义工业文明的发展，人们的物质生活的确得到了提高与飞跃。然而，这种人类物质文明的发展，是以对自然文明的冲击为代价的，是以人的机械化、自身异化为代价的，是以自然失其本真形态为代价的，是以破坏人与自然的和谐关系为代价的。作者在文中也表达了对这种现在再也看不到的田园牧歌式生活的缅怀，其间也渗透出对再也回不来的淳朴自然的乡居生活的哀叹与留恋。

安格尔不仅在文中表达了对乡间生存方式的怀念，表达了对劳动充实感的怀念，他也身体力行。据吴祖光先生回忆：年近八旬的安格尔体魄健壮，非常热爱劳动。他的家是山路上林荫里的一座二层宽大的楼房，朱红色的大门在绿树掩映里富有幽趣，树上有松鼠跳跃，夜晚窗外可以看见猿猴来讨食，山下一条溪水甚至有天鹅游憩，像个世外桃源。秋天阳台上满地落叶，安格尔自任洒扫之役，有时还光着脚，打着赤膊，背着工具袋，举起钉锤斧锯修理阳台和楼板。有一次，他生病发烧了，不听人家的劝告还趴在地上干活。

资本主义工业文明对自然文明的渗透与侵袭，是资本主义现代化、工业化所带来的必然后果，而这一结果也导致了人与自然和谐关系的破裂，导致了纯朴自然的失真，更导致了当代思想界颓废、无奈与苦闷情绪的弥散。而作者也正是以这篇风俗画式的散文，以这首“素朴的诗”，不动声色地对资本主义物质文明进行了反拨，对纯真朴实的田园牧歌式的生活进行了祭奠！

（赵 青）

① 指耶稣诞生在马房里的故事。圣诞节原是纪念圣婴耶稣诞生的节日。
② 若瑟：木匠，圣母玛利亚的丈夫，被称作圣若瑟。
③ 菲利士底亚人：西亚的一个民族。《圣经》记载他们曾长期和以色列人作战。

自然和色彩

［日本］东山魁夷

而今，我沿着山头的道路攀登。

向下一望，山谷幽深，山溪流淌，有浅滩，也有深潭。陡峻的山坡被阔叶林明丽的绿色遮盖了。风儿吹过，树叶翻飞，露出灰白的叶背来。浓碧的针叶林，默默地耸立着。

可以听到湍急的水声。一条银白的瀑布，细细地悬挂着。鸟儿无间歇地鸣叫。黄莺就躲在附近繁茂的林木里。对面山上传来布谷鸟悠扬的歌声。有时候，空中又飘荡着杜鹃嘹亮的嗓音。

而今，我沿着山头的道路攀登。

雨住了，雾涌了上来。群山统一在碧青的沉静的色调里，远处的山笼罩在灰色的雾里，只露出些朦胧的轮廓。

雾漂流着，遮蔽了溪谷，攫走了峰峦。近处的树林伸展着枝条，变成一副奇怪的样子。看着看着，全然沉没到空漠的“无”里了。单一色的或浓或淡，像水墨画一般和谐而协调，带着梦幻和神秘。

突然，在那未曾料到的空间，清晰地浮现出一座碧青的山峰。

而今，我沿着山头的道路攀登。

枫树的红，白桦的黄，水楢的焦褐，杭树的金茶色，七度灶的深红。群山点缀着耀眼的红叶，间或杂有碧绿的常青树。山谷漂流着紫影。

各种色彩互相映衬，鲜明、丰润。在冬天到来的前夕，每一棵树木都把全部的生命力化为火焰，红艳艳布满山野。

阳光暗了，转眼间，争奇竞妍的色调一下子变得十分协调了，明暗的对立显得很平和，使人感到每种颜色都具有独特的韵味。眼下，这种幽静的景象正是静待着冬季到来的姿态。

而今，我沿着山头的道路攀登。

在一派银白的世界的底部，山溪变成细细的黑带子在流淌。交错的树枝戴着雪鸣奏出纤细的音律。被雪压弯的针叶树，不时颤抖着身子，将白粉像烟雾般抖落下来。

雪还在下。无声而猛烈。透过空中的微明，无数灰色的雪片飞舞着，席卷过来。看来，这是对我的威吓和警告。然而，山山谷谷都在沉静地安眠。

而今，我沿着山头的道路攀登。

金、银、黄、绿、粉绿、红……树木发芽了，早晨一起醒来，唱着明朗的歌。有的向上簇拥着，有的向下开放，小小的嫩芽，多么丰富多彩啊！

小鸟们在鸣啭，祝福这新生的喜悦。从哪里传来小啄木鸟叩击树干的声音。对面山上摇曳着白色花朵的是玉兰吧。

这里，我不是指的哪一座山顶，当我要叙述风景的色彩的时候，我的脑海中便浮现出这样的情景。不管哪座山峦都会有这种风景的。日本列岛位于适当的纬度上，南北地形狭长，山脉像脊柱骨纵贯其间。气候湿润，树木种类繁多，葱茏茂密。有了这样的条件，日本的风景具有极为多彩的一面，同时又具有统一的一面。

亚热带的景观，具有亚寒带特征的风土，四季的推移十分鲜明。多高山，山顶积雪，中腹有红叶，山麓是绿色风景，气候、风景十分谐和。

但是，湿润的气候常常伴有云雾、烟霭，不像大陆性干燥空气的景色那般鲜明，而是带有抑制性柔和的独特的色感。

多彩和淡泊，华丽和幽玄，这两种对峙的风格兼而有之，美妙细腻，耐人寻味。从这一点来说，日本具有世界上无与伦比的风景。纵观美术史，既有大和绘的优雅，又有水墨画的枯淡，也不乏像等伯、宗达、光琳等画家那样在色彩画和水墨画两方面都留下优秀作品的事例。这些画家之所以被称作日本的巨匠，在于他们能把日本风景中色彩的特征加以高度运用这一点上。

我在这里谈谈日本的海的色彩。海有太平洋一侧的海，日本海一侧的海，还有珊瑚礁明艳的南海，冬季流冰遮障的北海，静谧的内海，汹涌的外海。地域和地形的相异也表现在这种色彩上。此外，深浅之差，春夏秋冬的推移，天候的影响，时间的变化，常常显现出迥然不同的面貌来。

我在神户送走了少年时代。那时经常到须磨的海边游泳，到淡路岛消夏。我有充裕的时间去亲近大海。黎明时分的天空，水平线附近被染成茜红色，万物生命的象征——太阳出来了，那是朝气蓬勃的庄严的一瞬。正午，海滩上的绿色蒙着黄橙，远处的洋面一派青蓝，海面跳出几段银白的水纹，波涛汹涌而来。天空、海洋沉浸在透明的薄紫里，傍晚的明星为这静寂的沙滨不时增添着光明。夜里，黑魆魆的洋面闪现着点点渔火，波浪撞击着沙渚，散射着灼灼磷光……所有这些，都化成一幅幅生动的画面留在我的心中。少年时代的我，与其说观察海景，毋宁说是同大海共呼吸，我的心和大海一起跳荡。

我对日本的海色具有特别的感触，是我美校毕业不久到欧洲游学两年之后，再度回国时产生的。那时节，说到海外旅行，就只有乘轮船。到欧洲去虽然经西伯利亚铁路距离最短，但人们常常还是选择海路，绕过遥远的中国的东海和南海、印度洋、红海，到达地中海，在马赛或那不勒斯登陆。

不用说，海色受天候和时间影响很大。尽管如此，应当说一个国家，一个地方，总是有它固有的色调。我去的时候，搭乘的是开往汉堡的货船，经地中海进入比斯开湾，穿过英吉利海峡，出北海，沿易北河溯流而上，到达目的地。

离开日本在海上度过两个月时光，我丝毫没有倦意。从东方到西方，异乡的海港风物奇幻绮丽自不待言，不断变化的海洋和天空的雄伟的景象，每天都给我新的喜悦和震惊。

归国时是在那不勒斯登船。日本已离开两年多了，和去的时候相反，这次是西方到东方，回归的路上也别有一番风情。尤其是船驶入濑户内海的时候，我感到“这才是日本的海色”啊！

日本的色彩自古常用群青和绿青两种颜料。有一种称作“岩绘”的，是把孔雀石研成粉末制作的，色彩鲜明，但不觉得华美，而具有沉滞幽深的调子。

我把日本的海看成是群青和绿青的颜色，这是因为群青和绿青杂在一起能够得到一种微妙的色感。以前画的新宫殿的壁画《黎明潮》，就是把群青和绿青两种粗制的“岩绘”混合后浓写艳抹画成的。

那时，我到日本各地海岸旅行，把波涛和岩石作为写生对象。我所构思的壁画主要是在日本海找到了相应的题材。然而在制作时并没有把一个特定的场所如实描绘下来，而是画下了整个“日本的海”。

最近完成的唐招提寺御影堂的障壁画，在“上段之间”画了山，在“宸殿之间”画了海。这阵子，我从青森县到山口县观看了日本海岸，我也到太平洋海岸作了广泛的写生，走访了三陆海岸、房总、高知等地。我还是想描绘“日本海”，但在手法和表现上同新宫殿的壁画有着相当大的差异。虽说也是群青和绿青，但我选择了分子细微的一种，也不是拿来就用，而是把它调成灰冷的色调。

画障壁画，要考虑放置场所的风格和建筑样式，即使描绘同样的波涛和岩石，表现手法也应有所不同。此外，在制作这两幅障壁画的过程中，度过了七年的岁月，我心中遍历的风景确实起到了重大的作用。我一直想制作大幅绘画，充分表现出日本自然所具有的色彩方面的幽玄情趣。这次画障壁画，尤其是“上段之间”的《山云》，几乎是用水墨画的色调绘制出来的。

如今，我在旅途中写这篇稿子，从房间的窗户可以望到浩渺的海。

小雨时下时停，天空、海洋一片灰蒙蒙的。乍看起来，这是单调的色彩。然而，它绝不是单纯的，其中包含着色相和明暗等复杂而又微妙的调子，而且时刻在变化着。描画这样的风景应当使用浓淡不同的一种色彩，薄薄地反复涂上几层。有人借助于纸的性质，使用薄墨渗透、化合的表现方法。但我有我自己的技法，我想表现出幽深的内容和浓郁的韵味来。

刚才，云隙里漏泻的阳光，给接近水平线的海面涂上一道光明，眼下又消失了，空漠的沉默遮蔽着广大的天空和海洋。

（佚 名 译）

作者简介

东山魁夷（1908—1999），日本风景画家、散文家，著有《听泉》《和风景的对话》《探求日本的美》等。

真不知画家是在用画笔写文章，还是在用文笔画画。常常发现，大凡一流的画家，往往有上好的文笔。列奥纳多·达·芬奇，在笔记中描写史前海怪的文字，被意大利文豪卡尔维诺在《未来千年文学备忘录》中奉为楷模。疯狂的凡高，他写给爱弟提奥的书信，堪称文学写生的不朽范本。不羁的高更，自我放逐南太平洋上的塔希提岛，世传《诺阿·诺阿》。中国传统的文人画（从魏晋到民国）更是诗画合一的“典型案例”，表现在工具上，亦是一样的毛笔，一样的松墨，一样的纸绢。

在我们一衣带水的邻邦日本，亦不乏诗画双修的艺术家。东山魁夷便是其中有代表性的一位。

东山早年负笈欧洲，在山水深美的德国学画，他作品中西方透视法的景深贯注着东方哲学的禅意，形式与内容浑然一体，自成风格。从他清秀隽永的文字中可以感受到他画作的神韵。其实，我们哪里是在读他的文字赏他的画，分明是在认识这个人。这个人，生长于岛国日本这块大自然的调色板上，崇尚“物哀”与“幽玄”的审美情趣先验地构成了他的文化心理结构。无论是用画笔为文还是用文笔作画，他的作品玄远而空灵的气质蕴涵着对自然、生命、心灵的深切观照。这种观照是东方式的、象征性的，是由外而内的。禅、道、心、物圆融和谐，天、地、神、人各就其位，互相映照，互相交感，荡漾着一种虚静澄明的古典主义乡愁。画家对色彩明与暗、冷与暖的拿捏，对结构偏与正、分与合的把握，必有裨益于诉诸文字时的分寸与度量。“而今，我沿着山头的道路攀登”，作者反复以这句话开头描述风景，乃是借以象征对真、善、美的追求总是“在路上”的，有着西西弗式的宿命与殉道色彩。然而这却是光荣的荆棘路，艺术的尊严即凝聚于此。对创作主体而言，如果说绘画要服从于空间的秩序，那么，文学就得服从于时间的秩序。对接受主体而言，我们看画时要从空间秩序中整理出时间感，阅读时则要从时间秩序中整理出空间感。时空感在任何艺术形式中都是统一的，这种统一源自主体自身的时空存在性。

在艺术家心灵深处，总有一幅原始的风景，那便是对故乡美的热爱，无论艺术家在时空中怎样穿梭漂泊，这幅原始的故乡风景永远是其创作灵感的源头活水。丹纳认为，伟大的艺术家不是孤立的，他的背后有一个艺术家家族，而这个家族的背后还有更广大的群众，这就是他的艺术哲学观，种族、时代、环境所形成的精神气候决定艺术。东山魁夷就是这样一位立足于日本文化传统、融汇东西的艺术家。透过他的作品，恍惚间我们仿佛看到了东山那张透明的面孔，他旋即消失了，余下的是艺术家道德自然的艺术追求与天地有大美而不言的精神境界。

懒惰哲学趣话

〔德国〕伯尔

欧洲西海岸的某港口泊着一条渔船，一个衣衫寒碜的人正躺在船里打盹儿。一位穿着入时的旅游者赶忙往相机里装上彩色胶卷，以便拍下这幅田园式的画面：湛蓝的天，碧绿的海翻滚着雪白的浪花，黝黑的船，红色的渔夫帽。“咔嚓。”再来一张：“咔嚓。”好事成三嘛，当然，那就来个第三张。这清脆的、几乎怀着敌意的声音把正在打盹儿的渔夫弄醒了，他慢吞吞地支支腰，慢吞吞地伸手去摸香烟盒；烟还没有摸着，这位热情的游客就已将一包香烟递到了他的面前，虽说没有把烟塞进他嘴里，但却放在了他的手里，随着第四次“咔嚓”声，打火机打着了，真是客气之至，殷勤之极。这一连串过分殷勤客气的举动，真有点莫名其妙，使人颇感困窘，不知如何是好。好在这位游客精通该国语言，于是便试着通过谈话来克服这尴尬的场面。

“您今天一定会打到很多鱼的。”

渔夫摇摇头。

“听说今天天气很好呀。”

渔夫点点头。

“您不出海捕鱼？”

渔夫摇摇头，这时游客心里则感到有点悒郁了。

毫无疑问，对于这位衣衫寒碜的渔夫他是颇为关注的，并为渔夫耽误了这次出海捕鱼的机会而感到十分惋惜。

“噢，您觉得不太舒服？”

这时，渔夫终于不再打哑语，而开始真正说话了。“我身体特棒，”他说，“我还从来没有感到像现在这么精神过。”他站起来，伸展一下四肢，仿佛要显示一下他的体格多么像运动员。“我的身体棒极了。”

游客的表情显得越来越迷惑不解，他再也抑制不住那个像要炸开他心脏的问题了：“那么您为什么不出去打鱼呢？”

回答是不假思索的，简短的。“因为今天一早已经出去打过鱼了。”

“打得多吗？”

“收获大极了，所以用不着再出去了。我的筐里有四只龙虾，还捕到二十几条青花鱼……”

渔夫这时完全醒了，变得随和了，话匣子也打开了，并且宽慰地拍拍游客的肩膀。他觉得，游客脸上忧心忡忡的神情虽然有点不合时宜，但却说明他是在为自己担忧呀。

“我甚至连明天和后天的鱼都打够了。”他用这句话来宽慰这位外国人的心，“您抽支我的烟吗？”

“好，谢谢。”

两人嘴里都叼着烟卷，随即响起第五次“咔嚓”声。外国人摇着头，往船沿上坐下，放下手里的照相机，因为他现在要腾出两只手来强调他说的话。

“当然，我并不想干预您的私事，”他说，“但是请您想一想，要是您今天出海两次，三次，甚至四次，那您就可以捕到三十几条，四十多条，五六十条，甚至一百多条青花鱼……请您想一想。”

渔夫点点头。

“要是您不只是今天，”游客继续说，“而且明天、后天、每个好天气都出去捕二三次，或许四次——您知道，那情况将会是怎么样？”

渔夫摇摇头。

“不出一年您就可以买辆摩托，两年就可再买一条船，三四年说不定就有了渔轮；有了两条船或者那条渔轮，您当然就可以捕到更多的鱼——有朝一日您会拥有两条渔轮，您就可以……”他兴奋得一时间连话都说不出来了，“您就可以建一座小冷库，也许可以盖一座熏鱼厂，随后再开一个生产各种渍汁鱼罐头厂，您可以坐着直升机飞来飞去找鱼群，用无线电指挥您的渔轮作业。您可以取得捕大马哈鱼的权，开一家活鱼饭店，无须通过中间商就直接把龙虾运往巴黎——然后……”外国人兴奋得又说不出话了。他摇摇头，内心感到无比忧虑，度假的乐趣几乎已经无影无踪。他凝视着滚滚而来的排浪，浪里鱼儿在欢快地蹦跳。“然后——”他说，但是由于激动他又语塞了。

渔夫拍拍他的背，像是拍着一个吃呛了的孩子。“然后怎么样？”他轻声地问。

“然后嘛，”外国人以默默的兴奋心情说，“然后您就可以逍遥自在地坐在这里的港口，在太阳下打盹儿——还可以眺览美丽的大海。”

“我现在就这样做了，”渔夫说，“我正悠然自得地坐在港口打盹儿，只是您的‘咔嚓’声把我打搅了。”

这位旅游者受到这番开导便从那里走开了，心里思绪万千，浮想联翩，因为从前他也曾以为，他只要好好干一阵，有朝一日就可以不用再干活了；对于这位衣衫寒碜的渔夫的同情，此刻在他心里已经烟消云散，剩下的只是一丝羡慕。

（韩耀成 译）

作者简介

伯尔（1917—1985），德国作家，1972 年获诺贝尔文学奖，著有《正点到达》《亚当，你到过那里？》《流浪人，你若来斯巴……》等。

伯尔的作品在遵循现实主义传统的基础上，娴熟地吸取了许多现代小说的写作技巧。这篇《懒惰哲学趣话》即是一篇极具伯尔风格的作品。

伯尔无疑是讲故事的高手，在故事之外并无一句多余的话，然而给人的启示明明白白地摆在那里，用简单的故事、练达的语言，轻轻松松地触动人心。人生，说穿了，就是一种态度。有什么样的态度，就有什么样的人生。人生由于不同的态度，于是有了不同的视角，换一种视角看待生活，竟然就有了另一番景象，让人惊奇，令人心动。人常常在年轻时不断地奋斗、努力，为着心中的一个目标，然而当匆匆数十年过去，才发现自己错失了生活中许多无法挽回的美好和纯真，原来自己孜孜以求的早已在身边。是不停地追求，还是适时地享受生活，这是人的一种选择，人与人是不同的，看重的东西不同，选择的生活方式自然不同。文中的渔夫和游客并没有绝对的对错之分，只是让人从中有所触动。这已不是简单的懒惰问题了，这已是一种生命境界，甚至是一种生命哲学。

英国作家卡内蒂说："只有他阅读时，他才是幸福的；当他写作时，他更为幸福；他最幸福的时刻，则是当他读到他从不知道的某些事物的时候。"读伯尔这样的作品，弥补我们在生活中心灵的那块缺失，倾听内心最动听的那段旋律，真正去感受生活的幸福吧。

（孔　硕）

猫和乌龟

［法国］米·图尼埃

装饰房子向来都不是我的长项。就在四分之一个世纪之前，我刚搬来这栋房子时，我曾热爱它的空荡，房间由于没有家具而具有一种特殊的音质，而毫无装饰的墙壁更让我觉得作为作家的自己面对着一张白纸。在我最偏爱的趣闻里有一段是关于毕博思克亲王的，他是世纪初巴黎社交圈里的一大名人，是个会不断感到乏味，追求优雅并且才智洋溢的人，可以称得上是生活艺术的专家。有一次，亲王的一个朋友，一位富有的审美大师，为自己刚刚得到的一座房子亲手作了装饰。房子里的一切都是那么可爱，家具也都安置得那么和谐。他邀请毕博思克亲王来参观这件奢侈的高品位杰作。亲王参观着，看着，研究着，欣赏着，最终一下子坐在了一把扶手椅里。房子的主人倾耳等待着即将从他唇间流出的宣判。最后毕博思克说了一句：“好，不错，可为什么不试试什么都没有呢？”

正是这个“什么都没有”，成了我对房子要求的基本点。而剩下的，就让时间来工作了。每一天、每一年都应该留下它的踪迹。这座房子是我生命的 25 年 ×365 天 =9125 天的一点一滴的印证。

其实它很像是我多年来慢慢分泌出来的一个壳。它的复杂、杂乱和荒谬正是我的简单、规律和理性的反面。尤其在我把它借给朋友的时候，我能明显地感觉到这一点。那些朋友是讲究、谨慎而且仔细的人。他们出乎意料地不安，对于无意间造成的损坏深感局促。这就对了，这个壳并不是为他们塑的！仅此而已！它将我的每一个行动，每一个手势都刻在了自己身上。它正是我日常生活的模子。

在精炼的调整中，有着对幸福的承诺，然而却并不是没有代价。我清楚地看到在建造这个围绕着我的居住中心的过程中，我使自己缓慢而无情地变得沉重起来。这是一种特殊的隐伏的变老方式。这座房子是我生命的一部分，我自身的一部分，而它的那种存在形式就好像龟壳是乌龟的一部分。可有谁愿意当一只乌龟呢？人们都愿意把自己想象成燕子或者云雀，也就是说正相反……

有时候，我也会产生一种出离的情绪，想解脱一下。卖了它。把一切都尽快处理掉。扔掉那些陈年旧物，将我的习惯随同它们一起扔掉。然后一切从零开始。在龚古尔学院，我有两个朋友就用毕生的精力做着这件事。他们花去多年的时间来获得一座房子然后对它进行改造。为了装修新房子，多漂亮多麻烦花多少钱都不为过。然而杰作一旦完成，他们便开始把目光投向别处了。因为在他们眼中，这座房子已失掉了它所有的魅力。巴赞①和努里西埃②都是如此。我在布列塔尼地方③有一块地，位于海岸悬崖的边上。每天的涨潮和退潮都为它换装。我可以找一位建筑师朋友帮忙，在那里盖一座既不失当地特色，又具超现代风格的房子，全部采用玻璃板装饰，可以一眼望出去就看到花园、悬崖、大海……但如果要违背这座老宅的风格，那可不行：那就像要让我截掉一只胳膊或是一条腿。

于是，我看看我的猫。它属于金黄毛发的那种，中国人曾养殖此类猫以获取皮毛。我也被警告过要小心那些皮毛收藏者。他们也许会在某一天或某一夜“拿走”我家猫的皮。

我的猫是这所房子和这座花园的灵魂。它与房子所有角落和所有隐藏角落的融合力实在令人迷惑。它可以任意地消失，并让人怎么都找不着。然后突然，它又重新出现了，当我问它：“你到底去哪儿了？”它就看着我，似乎在说：“我？我没动啊！”我们真应该为它创造一个超级适应力的概念，因为如果当我们要把它带到其他地方的时候，它便会上演令人心碎痛苦的一幕。对一只猫来说，一次旅行是一场无法弥补的灾难。一次搬家，便到了世界末日。我是多么理解它日夜证明给我的这一堂叫作“完全定居”的课程！它在这里的完全扎根对我真是巨大的震撼！

话说得远了。太远了。其实也并不远过我家花园南墙的另一头。这个另一头，是村庄的墓园。有时我会听见铲锹的声音。形而上的声音：掘墓者在挖坑。它表现的正是那种村民们世纪相传的定居性。还有以下这些词之间具有令人迷惑的亲和性：房子—博物馆，土壤—灰烬，花园—墓地。还有时间的这两个层面。一面是总是新鲜且不可预见的充满了喧嚣与愤怒的历史；另一面则循环往复，就像封闭的时钟表盘，因为事件不会进入那饱含绿、金、赭、白四种颜色的永无止境的四季圆舞曲中。

我的猫向我抬起它那张谜一般的面孔。它慢慢闭上金色的眼睛，一言不发。

（李亚男 译）

作者简介

米·图尼埃，法国作家，著有《皮埃罗或夜的秘密》《阿芒迪娜或两个花园》《礼拜五或太平洋上的灵薄狱》等。

《猫和乌龟》选自米歇尔·图尼埃1986年出版的《短篇小说集》。看题目似乎是写动物，实则是写人类，展现了作家对人类的定居性的某些思考。

定居性是人性的重要一面，不可逃避。如文中所言，作家曾热爱他房子的空荡，随着时间推移，随着他把生命一点一滴地印证到这所房子里，这所房子对于他来说就如同龟壳对于乌龟，这就是定居性。背负龟壳的生命是安全的，却不免沉重，它既让人幸福，又要付出代价，这个代价即为人的自由被禁锢，再不能如理想中的燕子或者云雀那般自由飞翔。

人又带有与生俱来的追求自由的天性，于是渴望出离，渴望解脱，但到了下一个地方，下一所房子，却又不免重复龟壳状态。如此，当人追求自由的天性与人的定居性交战，即使暂时解脱，随时间推移，也避免不了陷入下一个尴尬的轮回。这是作为人的幸福和悲哀，是人不可逃避的命运。

猫也极富定居性，但它展示的是一种“完全定居”的状态。它彻底与环境融为一体，甚至于成为环境的灵魂。在猫这里，只有定居性，没有追求自由的天性与定居性的交战。较之人类，这既是幸运，又是不幸，幸运在于其避免了心灵挣扎，不幸在于“对一只猫来说，一次旅行是一场无法弥补的灾难。一次搬家，便到了世界末日”。

这定居性究竟是什么赋予的？是人类的惰性吗？它的内涵又是什么呢？是人类的文化吗？或者其他？猫“慢慢闭上金色的眼睛，一言不发”，你我的思考却要继续下去，不可停止，并时刻自省……

（丁香伟）

① 埃·巴赞（1911—1996），法国当代作家，龚古尔学院成员。
② 弗·努里西埃，法国当代小说家，龚古尔学院成员。
③ 布列塔尼，法国西部靠海省区。

我梦想

［美国］马丁·路德·金

一百年前一个伟大的美国人签署了《解放黑奴宣言》——我们现在就站在他的纪念像的阴影里。这个重要的文件像希望的灯塔的强光，照在受到不义的火焰煎熬的数以百万计的奴隶身上；这个文件像欢乐的曙光，宣告了奴隶制的漫漫长夜的结束。

但是一百年过去了，我们却仍然不得不面对一个悲惨的现实：黑人还没有获得自由。一百年过去了，黑人仍然生活在种族隔离的镣铐和种族歧视的锁链之下，寸步难行，悲惨不堪。一百年过去了，在一个物质繁荣的广阔海洋中，黑人仍然生活在贫穷的孤岛上。一百年过去了，黑人仍然在美国社会的角落里枯萎憔悴，仍然是自己国土上的流放犯。我们今天到这儿来正是要让这可怕的现实引起人们的注意。

我深深地懂得，你们有些人是经历过巨大的考验和苦难才到达这儿的。你们有些人刚从狭窄的牢房里出来；有些人来自提出自由的要求就会遭到迫害的风暴和警察的暴力的地方。你们是为了创造未来而饱经苦难的老战士。继续干下去吧，要有这样的信心：遭受到不应遭受的痛苦的人是会得到报偿的。

回到密西西比去吧，回到阿拉巴马去吧，回到南卡罗来纳去吧，回到乔治亚去吧，回到路易斯安那去吧，回到北方城市的贫民窟和黑人区里去吧！心里要有一种信念：这种局面一定能，也一定会有某种程度的改变。别把自己埋在绝望的深谷里。

今天我要告诉你们，我的朋友们，尽管有眼前的困难和挫折，我仍然有一个梦，这个梦的根深深地扎在美国的梦里。

我梦想有一天这个国家会站起来体现出它的信念的真谛："我们相信人类天生平等的真理是不言自明的。"①

我梦想在乔治亚州红色的山峦上，过去的奴隶的子孙会和过去的奴隶主的子孙一起在兄弟之情的桌旁坐下来。

我梦想，有一天就连密西西比州，那个不义和压迫的酷热的沙漠，也会变成正义和自由的绿洲。

我梦想，我的四个年幼的孩子有一天会生活在一个不按他们皮肤的颜色，而按他们的品格内涵而受到评价的国家里。

我梦想，有一天阿拉巴马州会变成黑人的孩子能和白人的孩子像兄弟姐妹一样手挽手走在一起的地方，尽管那儿的州长今天还满口拒不服从合众国法令的言辞。

我今天梦想着。

我梦想着有一天每一个峡谷会升高，每一个山陵会下降，崎岖的处所会变得坦荡，曲折的地方会变得笔直，主的荣光将会显露，让所有的人一起看到。

这便是我们的梦想。这便是我回到南方来时心里所怀着的信念。怀着这个信念，我们能把绝望的山岩雕刻成希望的石像。怀着这个信念，我们能把我们国家的不和的喧嚣变作兄弟之情的美妙的交响曲。怀着这个信念，我们将能一起工作，一起祈祷，一起斗争，一起坐牢，一起捍卫自由——我们知道有一天会获得自由。

那将是上帝的孩子们能在一起歌唱的日子，那歌词将带着新的意义：

我的祖国，我歌颂您，
　　可爱的自由的祖国，
我歌颂您：
您是我祖先逝去的地方，
是朝圣者引为骄傲的地方，
从每一座高山峻岭之上，
　　让自由的声音震响。[2]

如果美国要成为伟大的国家，这个梦想必须实现。因此，让自由的声音在新罕布什尔的巍峨的山巅上震响吧。

让自由的声音在纽约州的高山峻岭之上震响吧。

让自由的声音在宾夕法尼亚州的还在增高的阿勒干尼山上震响吧！

让自由的声音在科罗拉多州白雪皑皑的落基山上震响吧！

这还不够；还要让自由的声音在乔治亚州[3]的斯通山上震响！

还要让自由的声音在田纳西州的洛考特山上震响！

还要让自由的声音在密西西比州大大小小的群山上震响！

让自由的声音回荡在每一座山上。

当我们让自由的声音震响的时候，当我们让自由的声音在每一个大大小小的村落、每一个州、每一个城市震响的时候，我们将能加速那个日子的到来，那时上帝的所有的孩子：黑人、白人、犹太人、异邦人、新教徒和天主教徒都会手挽着手歌唱。

（孙法理 译）

作者简介

马丁·路德·金(1929—1968)，著名的美国民权运动领袖。

马丁·路德·金以伟人的勇气领导了非暴力抵抗运动和人权运动的一次次斗争，终于使美国种族隔离制度在短短数年间土崩瓦解，使自由与平等的火种重新燃起。

1963年，美国20余万人参加了“向华盛顿进军”的和平大会。作为此次运动的发起者和领导者，马丁·路德·金以饱满的热情发表了这篇堪称经典的演讲。讲演气势磅礴，结构紧凑，语词畅达，极富力量，而说理与抒情的相互包蕴，臻为一体，更是本文最为凸显的特色。这使文章在入情入理具有说服力的同时，也蕴涵着巨大的感染力和感召力。

平等与解放的种子早已播下(一百年前《解放黑奴宣言》就早已签署)，可现实中“绝望的山岩”与“酷热的沙漠”却掏空了适宜于种子生发的土壤。马丁·路德·金就在黑人同胞们之间，他“深深懂得”同胞们遭受的苦难和不公。他以对黑人现实生存悲惨境遇的揭示来拉开演讲的幕布，一下子就拨动了听众的感触之弦，激起巨大的同情与共鸣。

悲惨的境遇是真实的，“黑人仍然在美国社会的角落里枯萎憔悴”，遭受到不应遭受之痛的人还很多……这都是对当权者的强烈不满和尖锐批判。可马丁·路德·金并未把受害者积蓄起的愤激与不满引向武力和暴动，而是导向坚定的信念和一定可以实现的梦想。于是，文章随之也推向了峰顶。文章一段段“我梦想”和“让自由的声音……”的排比运用，是无比诚挚情感的喷发，是对自由平等的热切渴望，是对悲惨现实的鞭击，也是对美好未来的呼唤和坚信。它们如排开的波浪，蕴有无尽的力量，足以摧毁“绝望的深谷”。它们激励着遭受不平的人们奋勇前行，直到“自由的声音回荡在每一座山上”，直到“上帝的所有的孩子：黑人、白人、犹太人、异邦人、新教徒和天主教徒都会手挽着手歌唱”。激荡的情感、遥望的视野与排比手法的贴切妙用，成就了也许是美国当代史上一段最伟大的抒怀。

本文对黑人现实悲惨之境的描述入木三分，对同胞们回归故乡继续战斗的劝谕入情入理，对未来的展望和梦想的呼唤诚挚热烈，理与情臻于一体，彰显了散文具有诗一样感染力的精湛艺术造诣。

（杜元杰）

① 引自《北美独立宣言》。
② 这是美国流行的一首歌颂祖国的歌曲。
③乔治亚与以下的田纳西和密西西比州都是过去蓄奴制度最为严重，此时种族歧视也最为严重的州。

破产者

［美国］约翰·厄普代克

那位破产的人跳舞。或许，在其他某些场合，他还唱歌。他肯定在餐馆破钞，付小费大方得很。那么，在什么意义上说，他破产了呢？

他宣布破产了呀。他宣布自己破产了。他从城里回来，焦躁不安，面色苍白，抱怨说他不得不一连多少个钟点地和律师们办交涉。然后他给自己倒了一杯饮料。如果他破产了，他怎么为那杯饮料中的酒付账呢？

我们不好意思去问。破产是个神圣的境况，像神学家可能会说的那样，那是超越于种种状况之外的状况，想对之进行调查了解无疑是一种亵渎，有如通灵术，我们只知道他进入了该境地，生活在我们所不及的地方，在与我们不同的境况中。

他在古布雷恩联合救济基金会的舞会上跳舞。他的脚跟踢得老高。聚光灯的光芒抚摸着他的肩膀，先是淡紫色的，而后转为金色。他妻子双肩裸露，颈部优美，头发像灿烂的金属丝编织的蜂窝。她从哪儿来钱支付理发师，让他们又是梳理，又是卷烫，把她调弄得如此光艳夺目？我们不敢问，但是简直没法把眼睛从那对翩翩起舞的夫妇身上移开。

破产的人给自己买了摩托车，他打算骑摩托车去圣巴巴拉，往返路途上露几手车技。圣巴巴拉有他一个破了产的姐妹。一路上，在匹兹堡、南本德、道奇城、桑圣菲和棕榈泉等地，还有一些生意上的细节需要了断，处于破产状况是个扩张的过程，会不断地产生出新的疆界。

我们都想和破产者的妻子跳舞，性感的健康气息如草地上的雾从她身上飞旋而出，她穿着一双配有卡拉库尔羊皮带的水晶鞋，从头到脚都熠熠生辉。“您是怎么设法维持如此的派——”我们喃喃地把自己的非礼的问题淹没在她的上衣花饰里，她的胸脯起伏，时金时紫，正依偎在我们的领带处。

破产的人被推选出任显要公职，但他拒绝了，因为生意太繁忙，人们可以在街上见到他四处奔忙，看去极为重要的文件从他手中飞飘而落。他因短欠巨额款项而受到起诉。如今，他只穿最新潮的衣服——男女通用的连衫裤，能够拆下的瓷制衬领，敞露不扣的外套。他也光顾为他太太做头发的那家理发店。他的孩子们个个体壮膘肥。

我们为什么要嫉妒他——一个破产的人呢？因为他发现了有关美国的一桩秘密，而这是我们早就应当知晓的。他发现了我们所未注意到的一个前提，我们采访时，他的答话是简短的，自信的，说话时眨眨眼睛，不时恰到好处地压低他那优美的男中音，仿佛是在密谋，令人十分愉悦。

问：您最早是在什么时候得知自己破产了？

答：我想自打我一出生，我就知道自己在朝那个方向奔。我没像其他婴儿那样又哭又闹。

问：您看是否有可能使自己不破产呢？

答：一旦宣布破产，联邦法律、州立法和地方立法便联合起来破坏你的破产状况。有些财产被免于征税，另一些受到保护。为了维持破产，必须进行新投资，必须不失时机地抓住机遇，必须时时刻刻注意经济指标，否则整个事情就不妙了，保持破产可不是懒汉的游戏。

问：您对我们这些没破产的人有什么劝告吗？

答：(那样眨眨眼) 你们尽管伤心去吧。

采访结束了，其他约会接踵而来，他和他的家人必须在“查表员福利野餐会”上好好露一面，他们笑着，互相喂葡萄吃，孩子们在深深的草丛中蹒跚，身穿私立学校制服，破产者的妻子看起来开始发福了，阳光在她的肩膀上投下斑斑亮点。只有他仍然见棱见角，好似青铜塑像，他在套环游戏中夺魁，并在拔河赛中充当得胜一方的队长。比赛的另一方都是些穿灰衣服的有偿债能力的小业主，他们跌倒在地，翻进了沟里，他宽宏大量地向他们伸出了一只巨大的援手。经过口头表决，他被选进当地新教教会联委会，并第一个品尝查表员联合会两百周年纪念分层巧克力蛋糕。

这使我们觉得有如芒刺在背。我们想摧毁这个机灵的小丑。他一再地逃脱了法网，越蹦越高，而我们其他的人却被法律层层束缚；他有如蜘蛛般轻捷地沿着索缆攀旋而上，升到剧场穹顶处的耀眼的聚光灯焦点里，身穿闪闪发光的秋千服，好像是出现在澳大利亚土人的神圣仪式上的脸上涂着白粉的小丑，时出时入，嘲弄着那仪式。我们散布丑恶的流言，我们嘟嘟囔囔地说他根本就没破产，他像英镑和美元一样的牢靠，他的破产是假的。他听到了流言，在百分之百布纤维制造的、以凸浮图案印着名衔的信笺上写了个条子向我们挑战，叫我们到西梅因街谷物交易所的拐角处，赛路斯·申南尼根——那位在内战中大发战争财的主儿——的铁塑像之下和他见面。我们接受了挑战。我们紧张得直想呕吐。我们去照镜子，看到自己的脸怯懦畏缩，由于心怀种种小肚鸡肠的念头而显得痛苦不堪。

天亮了。因为没有汽车停放，西梅因街显得宽阔无比，破产的人的肩膀部分地遮挡住了太阳。他不慌不忙地走着，转身，迅速地将手插下，把两个裤兜的衬布都拉出来，当然啦，里面空空如也。我们也在衣袋里摸索，观看的人群的欢呼声淹没了钱币的叮当声。破产的人散发着科隆香水、烟草和林地紫罗兰的气味，他以其典型的宽宏大量的气度拥抱了我们，以示保护，否则的话，我们简直会被撕掠得五马分尸了。

在衣帽间里，我们听到破产的人在唱歌，他的男中音把墙上的瓷砖纷纷震落，有如一泻难收地倒下的多米诺骨牌，他刚刚打了个负 67 杆，把原先的赛场记录颠了个个儿。

他步步高升，因为他超越在外，他不按规矩玩牌，他在空中筑建楼阁，他使美国发展，他的利益关系日渐增多，他和阿拉伯的石油密切相关。还有牙买加的铝土矿。还有南极洲的冰冻。他为许多的律师提供工作机会，他骑上摩托车，身后拖着成千的债权人，把他们带到地平线以外，带到他们从未梦想过的地方。

他证明了，死后确实另有洞天。

（黄 梅译）

作者简介

约翰·厄普代克（1932—2009），美国当代著名作家、诗人。《兔子富了》和《兔子歇了》使他分别于 1982 年和 1991 年获得普利策小说奖。

提到破产者，我们头脑中通常会出现这样一种人：他们衣衫褴褛，穷困潦倒，灰心丧气，目光呆滞。然而，美国当代作家厄普代克笔下的破产者却有着另外一副面貌。

厄普代克是一位驾驭语言的大师，无论对形象还是感觉，他都有着高超的捕捉和表达能力。他的最负盛名的四部兔子系列小说忠实而精确地再现了美国社会 20 世纪 50 年代到 80 年代的深刻变化，堪称反映美国中产阶级风尚的史诗般的作品。散文《破产者》显示了厄普代克塑造人物形象的独到之处。

这位破产的人跳舞，在其他场合他或许还唱歌。他在餐馆里消费，付小费时很是大方。他为炫耀车技买了摩托车。他穿最时髦的衣服，光顾为他太太做头发的理发店。他浑身“散发着科隆香水、烟草和林地紫罗兰的气味”，并且“宽宏大量”地向比赛的战败者和无礼的挑衅者示好。他接受采访，参加聚会，备受重视。他的妻子总是“光艳夺目”，从头到脚熠熠生辉，甚至开始发福。他们的孩子“个个体壮膘肥”，就读于昂贵的私立学校。这是一个多么“奇怪”的破产者，他非但不需要人们的同情，反而招人妒忌。他在接受采访时甚至宣称“保持破产可不是懒汉的游戏”，并且对没有破产的人表示了他的不屑与同情。这根本不像一个破产者，然而，厄普代克告诉我们，他确实破产了，因为“他宣布破产了呀”！厄普代克还为那些“小肚鸡肠”的未破产者安排了一次与破产者的正面交锋，就在“赛路斯·申南尼根——那位在内战中大发战争财的主儿”的铁塑像之下。人们都看到了，他的口袋里空空如也。与紧张得直想呕吐的“我们”相比，破产者的镇定倒更像财大气粗的赛路斯·申南尼根。

没错，就是存在着像破产者这样的一群人。他们找到了制度的缺陷，钻了法律的空子。他们游戏于常规之外，在常人所不及的境况中越蹦越高。虽然他们的行径让我们“觉得有如芒刺在背”，但他们却受到了保护，因为他们处在“神圣的境况”之中。不信就看看这里的这位破产者吧。

虽然是在讲述一些让人愤慨不平的事，厄普代克却始终保持着幽默诙谐的语调。令人惊异的是，这走运的破产者在这种语调下倒更像一个令人不齿的小丑。这也许正是厄普代克的目的所在吧。

（李欣蔓）

荒原：一曲挽歌

［美国］玛丽·奥利弗

在我们镇上那个老垃圾焚烧场，——这场子官方好几年都弃之不用了，丢弃的胡椒、薄荷以及悬钩子在夹杂着石子的土地上重新扎下了根，继续生长着；几棵苹果树年年开花，结满圆鼓鼓的青色果子；黑刺莓铺满了上上下下的山坡；蓟、肥皂花、永久花、一枝黄花、野胡萝卜，一一长出叶子，继而纷纷开花，又纷纷结出籽来；忍冬花开成一簇簇向上翻腾的被浪，朝几株粉红玫瑰涌来，不再是整齐、文明的围篱，而成了荆棘架，四周黑森森的。如今，垃圾焚烧场已面目全非了。旧世界有旧世界种种必不可少的需求；现今有新的必不可少的需求，而这些又并非那么简单就能满足——那些老的地块也不够用了。在这有限的几英亩地上，加上额外增加的，将建起我们镇下水道管网中心，一根根埋在地下的管子将在这里汇集我们生活中的废物。多么令人悲伤的快事！我想谈谈花儿，但对我们这个游客如云的镇子来说，当务之急却成了如何解决也许是六万人每天的排污问题。至少这是几年前一个周末的估计人数。人们来到长长的科德角上这最后一座镇子，在很大程度上是为着他们的数量将危及的那种美。

他们还冲着友情、海滩、阳光、娱乐、商店和餐馆而来。他们住在老船长的房子改建的客栈里，或住在新修的街道和拥挤的尽头路两边拔地而起的公寓里。因此，这是一曲挽歌。

夏天，黑蛇盘曲在奶黄色忍冬花和粉瓣玫瑰花丛里。我穿过草丛时，它们黑色的脸出现在眼前，宛若异域的花朵。它们几乎总是成双成对，有时三五成群。有一条有着石榴石色的眼睛。它不打招呼，只是久久地一动不动地注视着你。它们很勇敢，那些蛇们。偶尔，我会碰上在阳光下，在石头上或沥青沙砾堆上睡觉的一对儿，它们中的一个会赤条条地向我冲过来，扑到我身上，然后再转身跟在另一条的后面，鞭影似的溜进玫瑰花下的暗地里。

它们不久就会离开，寻找另一个地方生活。这可不是件容易的事，因为今天的世界整个就是散乱无序的扩展区，不仅住宅区是这样，这些住宅区所需的似乎没完没了的配套设施也是如此。我们的确需要这些设施。(因此，这是一曲挽歌。)箱龟在这里筑窝，彩色龟也是。山顶下面，叩头龟从一口口浅水塘爬出来，到岸上下蛋，那是些浅色的、柔软似皮革的蛋。浣熊垂涎欲滴；母龟刚刚挪开身子，蛋窝大多就立马被洗劫一空。狐狸留下精致的足迹，夏天，还有红袍鹿的足迹。

蟾蜍总会在这里，那些金边眼睛的蟾蜍。

还有，在附近某个荫蔽的所在，那罕见而清凉的御膳橘兀自闪亮着。

多少年来，这里都立着禁止乱扔垃圾的告示牌。最近几年，另一块标志牌将这里指定为摩托车和轻型摩托车赛道。轻摩往往在下午出现；它们从田野上呼啸而过，在小道上刻下道道凹槽，它们带着猛烈的、难以抑制的青春活力飞驰着。我讨厌它，但不憎恶。总得有个地方供小伙们释放能量，展示他们特有的装束，尽管毫无疑问不该是在这里，在镇政府拥有的为数不多的几块林间空地之一的这一块上；除了被污染的中心，这里仍然清新，未曾受到侵害。这里还与国家海滨公园天衣无缝地融合在一起，有哪个趴在轻摩托车把上的年轻小伙子记得那条看不见的分界线？因此，公园林荫路上好几段也被车轮碾得坑坑洼洼，上面模模糊糊地覆盖着风吹来的垃圾。然而，在各式各样的此类消遣的空地所剩无几时，兼容性就被赋予了几乎不可能的任务。

说到垃圾，尽管有告示牌仍旧积聚起来的垃圾，就像垃圾惯常的样子，一直堆积在那儿；它既不会变瘦，也不会自动跑掉，甚至大多不会腐烂。最多最抢眼的是旧炉子。几十只轮胎，排列在轻摩托车道边，里面的积水滋生了数不清的蚊虫。

然而，在某些时辰，在没有小伙子和他们的轻摩的时候，我可以到这里散步，可以看到别的地方看不到的鸟儿，比方说靛彩巫鸟，还有黑喙杜鹃。以及更容易找到的它们的伙伴：红额金翅雀、猫鸟、美洲嘲鸫、美洲黄喉地莺、掌莺、大嘴雀。红玉喉北蜂鸟在这里筑巢，但即便在此刻我也不会告诉你确切是在哪棵树上。那曾是一个应守住的秘密，那干吗不仍旧守着，既然鸟和树都已消失？还有雏菊、柳穿鱼、有着淡紫色垂须的多毛金光菊，还有马利筋。还有玫瑰，白色的和红色的玫瑰。在夏日的阳光下，这些玫瑰举着沉甸甸的花苞和光亮的褶状叶子凌空矗立着。

可是，这是一曲挽歌。如今有专门建筑物来处理这些新的重要工作。一栋砖房，式样简洁明快，科德角风格，典型得几乎可以做银行！它的背后，是一座硕大的、圆形的水泥结构——我无法称它为建筑——圆鼓鼓的，有着厚厚的墙：不是为美而建，而且尚未完工。成堆的管子到处都是。爬满山坡上上下下的黑刺莓、·枝黄花.忍冬，消失了；粉红玫瑰消失了；狐狸足迹消失了。

这片土地本身有一个防护层，阻止这些年来一直往地里渗的有毒物质，这些有毒物质来自火，来自那些丢弃物的不知名的成分：油、油漆、汽车蓄电池，以及百种以上其他讨厌物质。想想看！是在哪些年月里，我采摘黑刺莓、悬钩子，觉得它们又甜又好——真是撞上好运捡了大便宜。还有，在夹杂着乱石的山坡上，能发现奇形怪状的旧的坛坛罐罐，在火中弯曲又重新塑形的玻璃。深蓝色的药瓶碎片；曾经还看到一架原本用来盛糖果的玻璃飞机，一侧翅膀上掉了一小块。

可是，这是一曲挽歌。是不忍舍弃之书里的一个章节。该去的，总是要去的。那些粉红玫瑰，那只金边眼睛的蟾蜍。那些如今实际上已长大成人的骑在轻摩上的小伙子。甚至轮胎也消失了。镇政府做出了并非不合情理的决定。我们再不能用这些不管用的污水池凑合下去了；我们不能容忍让有害物质渗进供水系统，渗进横卧在镇子前面那蔚蓝的海港里。何况，我们人数如此之多。

五月，杓兰花开放了，即便在这贫瘠的土壤里，仍开得如此绚烂。它们六七株聚成一簇，宛若正准备歌唱的小小的合唱队。也会有一支洁白的花独自凌空而放，但极为罕见。

我不喜欢已经发生的事情。我不会对失去这些处之泰然。我想做个通情达理的人；我知道，我得顺从必然的趋势。但是——选择如此之少！我向蜂鸟道歉。我希望蛇们找到了新家。我希望新的（排污）系统能起作用。我很高兴，我有个好记性；我不会忘记狐狸精致的足印，不会忘记红额金翅雀，不会忘记永久花。我想我知道我们显见的树木林立、万物生龙活虎的世界是什么——我们的花园，我们的牧场，我们调剂心身之所在。同时，它还是我们的校舍、法院、教堂、墓园，是永恒那轻柔的气息。

我在世界上行走，爱上了这世界。只有一个疑问，真正让我惧怕。我百思不解，我在老垃圾焚烧场——这个荒废之地，这个秘密花园——散步的那些年里，为什么从未在那里遇到过另外一个人，一个因着类似理由来到这里的人。

（松 风 晓 燕 译）

作者简介

玛丽·奥利弗，美国女诗人，1984年获普利策奖，著有《夜晚的旅行者》《美国原貌》《灯光的屋宇》等。

大凡写自然的散文，不外乎审美的、救赎的两种立场，凸显人对自然的关照，与自然总有着难以弥合的距离。在奥利弗的笔下，自然与人完全融合，自然的万物都与人一样富有生命力，富有情感。

《荒原：一曲挽歌》中，作家用细腻的笔触回忆起镇上那个终将被新的排污系统所取代的老垃圾焚烧场上的一切生命。跟随着作家清新优美的笔触，我们步入了这块圣地般的荒原。我们仿佛看到了那些长着异域花朵般脸的沉静而勇敢的黑蛇们；闻到了奶黄色忍冬花、粉瓣玫瑰花混合而来的洋溢的清香；听到了黑喙杜鹃、大嘴雀它们轻盈而欢乐的歌唱。它们生机勃勃，自得其乐地生活着，与人类平等地生活在同一个世界里。作家在诉说这一切的时候，思路似乎飘飘扬扬，随意而至，实则她娓娓道来的每一个生命都清晰地印刻在她的脑海里，与她同呼吸，共命运，休戚与共。而当伴随着人类的进步和发展，为了使人类的生活更加方便和迅捷，这一切都终要消散时，作家如何能够不忧伤，不心痛？

不得不忧伤又心痛，否则，作家不会反复地吟唱：“因此，这是一曲挽歌。”然而作家的口吻依旧优雅和平淡，没有激动的情绪，没有慷慨的陈词，她知道这是不可阻止的潮流，是人类的进步必然要付出的代价。她因对这些生命的悲悯而向它们道歉，她因对这些生命的关怀和喜爱而永远地记住了它们。

行走在这个世界，懂得这个世界是“我们的花园，我们的牧场，我们调剂心身之所在”，“还是我们的校舍、法院、教堂、墓园，是永恒那轻柔的气息”，并爱上这个世界。旧世界的逝去也许让我们不忍和哀伤，但那并不可怕，真正可怕的是我们失去了欣赏自然的能力，失去了与世界相融合的能力。

用真诚的眼睛看待这世上的每一个生命，并最终获得心灵的永恒安宁。

（丁香伟）

邻居的左腿

［奥地利］布兰德施泰特

我们家的邻居名叫约翰·迈因德，是一位农艺师，装着一条木制的假腿。他的左腿是在第一次世界大战中受伤截除的。战争年代里我们的这位邻居去服役，那时候他无忧无虑，在那次发生在石灰岩中间的战斗里，被一名意大利敌军击中了左腿。邻居告诉我们说，后来腿上照例显出一块伤痕，全都呈蓝黑色，他疼得禁不住大声呻吟起来。他以为自己可能要发疯了。卡瓦莱塞①战地医院的军医却对我们那位邻居说，别像疯了似的大喊大叫，伤腿必须锯掉，或者用拉丁话说截除，手术二十分钟就完毕。打这以后，邻居就拖着一条有血有肉的腿和一条梨木制成的腿，靠向国家领取一小笔照顾残废人的养老金过活。他的左腿中间不能弯曲，这太遗憾了，邻居说，眼下时兴一种中间可以弯曲的机器假腿，但他已经老边，不适用了。他说，装一条假腿对他来说是不值得的了。而且机器假腿花费太多，像他这样的人已不在考虑之列。有一回，我悄悄地朝邻居家窗内窥伺，瞧他如何安装左腿。这一看真叫人大开眼界：木腿上端有一块皮软垫，拿它来系住皮带，好似裤背带，但又比裤背带宽得多，上面还附有一些带扣。当他穿着裤子的时候，什么也看不见，人们只能猜测里面的假腿会是什么样。

邻居的左腿虽然早在卡瓦莱塞战地医院的园子内找到了永恒的安宁，但他至今却一直不曾安宁过。风湿性疼痛时常作怪。邻居说，这时候他就知道天气即将骤变。这是大自然的一个了不起的秘密，然而科学证明这是毋庸争辩的事实。邻居说，战时到现在好多年过去了，他对梨木做的假腿也早已习惯，因而对这个损失不再扼腕痛惜，不过在那块什么也没有了的地方还是隐隐作痛——当然只是在气温骤降的前夕才这样。

我父亲讲，邻居的左腿预报天气远远比晴雨计精确，他常常唠叨，晴雨计与邻居的左腿相比简直就算不了什么。人们对这条假腿尽可放一百个心。父亲说，邻居的左腿还不曾出过差错哩，比电台里播送的气象预报可靠得多了。古老的农谚虽说也蛮不错，可它从没有赶上邻居的左腿那么灵验。我们对它真是感激不尽哪，父亲说，因为天气在农业中起着举足轻重的作用，庄稼人是露天作业，靠天吃饭，必得知道是该收割了呢还是等一等更妥当。我父亲说，一场战争不是什么千载难逢的稀罕事，它自食其果，留给自身一个小小的创伤。谁都不应该赞美战争，而且远胜于一场战争的自然不是另一场战争，而是和平。人们大可不必希望发生战争，我父亲说道。当年邻居失去左腿对他也是一个沉重的打击。可是这件事今天看来在某种意义上倒成了一个例外，我们很高兴有了他这条木制左腿，因为这么一来全村的人都知道会遇上什么天气和该怎么办了。我父亲讲，倘使邻居的左腿也是有血有肉的话，那么，尼斯丁的农业就不可能如此发达了。

（汇 涓 译）

作者简介

布兰德施泰特，奥地利著名作家。

这篇散文并不直接描写硝烟弥漫鲜血淋淋的战争场面，而是另辟蹊径，用以小见大的手法，以客观平白的语调描述失去左腿的邻居在战争后的生活境遇，从而从侧面反映战争给人带来无法弥补的创伤。

我们在字里行间没有发现汹涌的情感宣泄，甚至看不到半点感情的波澜起伏，作者只是以纯客观的语言组织全文，以超平静的语调围绕邻居的左腿进行讲述。这种表面不露情感的客观叙述并没能使我们心情舒缓，也不能淡化残酷战争在我们心目中的印象，反而使它与背后战争的残酷形成一种紧张的对峙的气氛，如铅色的乌云压在心头，无法轻松释怀，让我们愈加真切地感受到战争给邻居带来的深深的痛苦。

这篇散文的最大特色是运用反讽的艺术手法。战争无情地夺去了邻居的左腿，邻居只有靠向国家领取一小笔照顾残废人的养老金艰苦度日，他装不起可以弯曲的机器假腿，只能装一条不能弯曲的梨木腿。风湿疼痛折磨着他，让他不得安宁，这本是多么令人揪心悲痛的事情。而邻居左腿对天气精确的预报，使尼斯丁的农业“因祸得福”，因为“邻居的左腿预报天气远远比晴雨计精确”，“我们对它真是感激不尽哪”，“我们很高兴有了他这条木制左腿”，倘若没有邻居的左腿，“尼斯丁的农业就不可能如此发达了”。这诙谐的喜剧一幕似乎能缓解读者紧张悲郁的心情，仿佛能让读者解颐。但谁能真正笑得出来？谁能因这意外的“喜剧”去赞美战争？难道尼斯丁的农业建立在一个残疾人深深的苦难和伤痛之上？这是一个多么残忍多么荒谬的喜剧！至此，我们虽然无法真切地感受邻居深入骨髓的疼痛，但一丝无奈和悲悯在我们内心深处蔓延。

作者匠心独运，看似漫不经心地随意道来，但却很巧妙自然地把喜剧的一幕糅入悲剧的氛围中，这种悲喜的对比运用，使强烈的反讽意味不彰自显，跃然纸上。

《邻居的左腿》这篇散文新颖的取材视角，非同寻常的语言叙述，独特的艺术手法，给我们带来新鲜的感觉。而在我们感受这厚实的艺术魅力的同时，也不禁掩卷沉思：一场战争表面上来无影去无踪，但它却像魔鬼的利爪在人们心灵上划上一道疤痕，永远无法弥合。我们真心呼唤和平，热切地希望世界充满温馨的阳光。

（宋美英）

① 意大利北部小城名。

图书在版编目（CIP）数据

精美散文读本. 外国卷 / 丁建元主编. — 2版.—
济南：山东友谊出版社，（2019.5重印）
ISBN 978-7-5516-0454-3

Ⅰ. ①精… Ⅱ. ①丁… Ⅲ. ①散文集－世界 Ⅳ.
①I16

中国版本图书馆CIP数据核字（2013）第301940号

主　　管：山东出版传媒股份有限公司
出版发行：山东友谊出版社
地　　址：济南市英雄山路189号　　邮政编码：250002
电　　话：出版管理部（0531）82098756
　　　　　市场营销部（0531）82098035（传真）
印　　刷：龙口市新华林文化发展有限公司
版　　次：2016年1月第2版
印　　次：2019年5月第8次印刷
开　　本：710mm × 1000mm　　1/16
印　　张：13.25
字　　数：175千字
定　　价：26.00元